最強騎士様と大人の二人旅

Riri Yamanobe
山野辺りり

Honey Novel

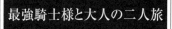

Illustration

うすくち

CONTENTS

プロローグ 5

1 業火 8

2 夜市 77

3 温泉 130

4 疑心 197

5 半身 247

エピローグ 309

あとがき 314

プロローグ

逃げなければ。

背後から迫る複数の足音に、ジュリアは悲鳴を上げそうになった。

いけない。声を出せば気づかれてしまう。捕まればきっと無事では済まない。

先ほど見たばかりの光景が脳裏にちらつき、ジュリアは手放しそうになる意識を懸命に手繰り寄せた。

いっそ失神してしまえれば、楽なのかもしれない。だがそれでは、かなり高い確率で二度と目覚めることはないだろう。

おそらく『彼ら』はジュリアを無事に帰してくれるどころか、何の迷いもなく命を奪うに決まっていた。

——あの人……亡くなったのかな……

生まれてから十八年、あれほど恐ろしい現場を目撃したのは初めてだ。

ジュリアは血だまりの中にうつ伏せで倒れ込んだ男のことを思い、身体《からだ》中が震えた。信心深くもないのに、指を組んで祈りの形を取ろうとする。

あの出血量だ。無事であるとは到底思えない。しかしそれでも、存命であることを願わずにはいられなかった。

――怨恨？　通り魔？　ああどうしよう。一刻も早く通報しなくちゃいけないのに、身体がちゃんと動いてくれないよ……！

人が、殺された。

走る足は縺《もつ》れ気味で、いつもよりまるで速度が上がらない。それどころか僅かでも気を緩めれば、転んでしまいそう。

彼らに追いつかれたらと焦るほど、自分の身体の制御ができなくなる。

息が乱れ、手足は重く鉛のようになっていった。

分厚い雲に月が隠れた暗闇の中、ジュリアと男たちの足音が響く。追いかけてくる物音と怒声は、確実にすぐそこまで近づいていた。

「……おい、いたぞ！　絶対に捕まえて口を封じろ！」

「……ひっ」

低く恐ろしい命令に、ジュリアの全身が引き攣《つ》った。

呼吸が乱れ、上手《うま》く酸素が吸えない。苦しくて涙が滲《にじ》む。

――ああ、どうしてこんなことに……

今夜あの道を通らなければ。いや、こんな時刻に外出するべきではなかった。よくよく考えれば、明日の朝でも間に合う用事だったのに。

最後の客を送り出した後、忘れ物に気がついた。

すぐに追いかければ間に合うのではないかと、お節介にも思ったのが間違いの始まり。

よく考えてみれば、相手は馬車。ジュリアがいくら俊足でも、追いつけるわけがない。

――違う、私ったら自分のことばかり……最低だわ。被害者は亡くなったかもしれないのに……！

我が身可愛《かわい》さと恐怖で、ジュリアの思考が混乱していた。はっきりしているのは、捕まれば自分も殺されるということ。

嫌だ。薄汚い路地裏で、見知らぬ男に理由もわからず命を奪われるなんて。

死にたくないなら、今は全力で逃げるしかない。安全な場所まで。でもどこへ？

「逃がすな、女一人どうとでもなるだろう！」

――誰か助けて……！　お願い、神様……！

信じてもいない神に心の中で平伏する。何故あんな場面に出くわしてしまったのか。己は幸運だと信じていたのに、我が身の不遇が呪わしい。

人が有無を言わさず刺殺される現場など――

1　業火

ジュリア・キップスは平凡な女である。

田舎《いなか》ではそこそこ可愛い容姿と褒められていたけれど、都会に出れば他にいくらでも整った容貌の人間はいた。

この国では一般的な茶色の髪に、黄色の瞳。不細工ではないものの、気の弱さも相まって埋没しがちな存在感。

性格は内気な部類だと思う。生まれた村は高齢者の多い地域で、数少ない子どものジュリアをとても可愛がり大事にしてくれた。

だからこそ自ら注目を集めるという貪欲さは育たず、ある意味穏やかにおっとりと成長したのかもしれない。

つまり、これといった特技も個性もない。普通の十八歳になったばかりの女である。

ただ手先が器用なことと運のよさは誇れることだった。

幼い頃から母親が教えてくれた裁縫の腕はなかなかのものだ。おかげで、出稼ぎのため王都へやって来て、すぐに仕事は見つかった。

しかも城下町一の仕立屋で、悪くない賃金を貰《もら》える待遇だったのは、我ながら相当恵まれている。

住む場所も用意してもらえ、日々の生活には困らないどころか、想像していたよりも多額の仕送りを両親にできるようになったのだから。

オーナーや同僚は皆善良。

時折無理難題を吹っかけてくる客もいるけれど、概《おおむ》ね働きやすい職場だ。

田舎娘が都会で騙《だま》され搾取されることが少なくない昨今、あっさりと居場所を確保できたジュリアは、やはり強運に恵まれているのだろう。本当にありがたい——と、つい先日までは思っていた。

「——……お腹《なか》が痛い……」

ベッドの中で亀のように丸まって、ぼそりと呟《つぶや》く。

頭も痛いし眩暈《めまい》もする。起き上がれば吐き気が強くなり、指一本動かしたくない。

とにかく全身の倦怠感《けんたいかん》と不快感でおかしくなってしまいそう。

ジュリアは体調不良の身体を抱え、縮こまった。

もう起きて職場に行く支度をしなければならない時間だ。しかし、どうしてもその気力が湧かない。何もかもが煩わしい。

さりとてこうして横になっていても、解決しないことはわかっていた。これは、病の類が原因ではないからだ。

それに何日も仕事を休むわけにはいかない。人のいいオーナーや同僚たちに、そこまで迷惑をかけられなかった。

あの『事件』から既に一週間。

ジュリアはずっと悶々《もんもん》とした日々を過ごしている。

人が刺される場面に遭遇したのは当然初めてで、精神的な衝撃が何よりも大きかった。

その上、犯人たちから殺気も露《あらわ》に追いかけ回されたのだ。これで平常心を保てる人間がいるなら、お目にかかりたい。

――あの晩は、男たちを撒《ま》いて逃げることができたけれど……

殺人者たちはまだ捕まっていない。

翌朝、ジュリアが怯《おび》えながらも治安自治隊のもとへ駆け込み隊員を連れて現場に向かえば、何と男性の死体は跡形もなく消えていた。

残されていたのは消えかけた血痕のみ。これでは何があったのか判然としない。

隊員らは、『ただの喧嘩《けんか》を見間違えたんじゃないか』と面倒臭そうに言う始末。

肝心の証拠がないのでは、事件として扱うのは難しいらしい。

言外に『面倒事を持ち込みやがって』と滲ませていた。

――流血沙汰の形跡を見ても、真剣に対応してくれないなんて……信じられないわ。

おそらく被害者はもう生きてはいまい。しかも連れ去られ痕跡を消されるなんて、とんでもない大事件だ。

王都では窃盗や痴漢、暴力沙汰など毎日山のように事件が起きるけれど、ジュリア自身が巻き込まれたのは初めてだった。

だから、被害者の無念を晴らすためにも、自分にできることは何でも協力したい。そこで思い出せることを全部、治安自治隊に説明した。

犯人は、三人。全員黒尽くめの格好だった。体格から考えて男性。

目から下は布で覆い隠されていたが、そのうち一人だけ大きな特徴があった。右眼付近に傷があったから、ジュリアの印象に残りやすかったのだ。

そして被害者は——

——あれ、たぶん貴族よね……そうでなくても、かなり裕福な家の方だわ……

仕事柄、服のよしあしはわかるつもりだ。

派手でもさほど値段が張らないものや、生地の高級さは一目で見破れる。

刺された男性が纏《まと》っていた服は、地味ではあったが上質なものだった。普段から装いに拘《こだわ》りがあるのだろう。よく似合っていたし、寸法もピッタリだった。

つまり、庶民であるはずがない。

時間と金を惜しみなくかけ、普段着を自分のために誂《あつら》えることができる身分。

ジュリアは深々と息を吐き、意を決して枕から頭を起こした。

あれから何日経《た》っても、これといった動きはない。治安自治隊は『何かあれば連絡する』と告げてきただけ。

ジュリアとしては、何もなかったならそれでいい。

自分が見間違えたとか、大袈裟《おおげさ》に騒ぎ立てただけなら、大変な目に遭った被害者はいなかったことになるのだから。

だがしかし、だ。

時間が経過するほど、あれは夢でも幻でもなかったと確信が強まってゆく。

それなのに何も事態が動かないままで、気持ちはどんよりと沈んでいた。

「……本当にきちんと調べてくれたのかしら？　いっそこっちから捜査がどうなったのか、聞きに行ってみようかな……」

そう考えたものの、直後に『外を出歩くのは怖い』と萎縮してしまう。あの夜以来、ジュリアはすっかり臆病風に吹かれているのだ。

目を閉じれば、自分を追いかける男たちの怒声と足音がよみがえる。

夥《おびただ》しい量の流血。嫌な臭い。

殺人者たちには、ジュリアの後ろ姿しか見られていないはず。どこの誰だか目星をつけられるはずはない。しかしどうにも不安は拭えなかった。

万が一、己の身元を突き止められたとしたら――

「――ジュリア、起きられる？　入っても大丈夫かな？」

ノックと共に扉の外から声をかけられ、ジュリアは肩を揺らした。

職場の寮である部屋の隣には、同僚が暮らしている。どうやらなかなか起きてこないジュリアを案じてくれたらしい。

「あ……はい。どうぞ」

「失礼するわね……おはよう。今朝《けさ》はどう？」

「……平気です。心配をかけてごめんなさい……今日からちゃんと働くつもりです」

入室してきたのは、ジュリアより五つ年上のエレインだった。

ここで働き始めてから、ずっと面倒を見てくれている頼りになるお姉さんである。

すらりと背の高い、しなやかな体型の美しい女性だ。

吊《つ》り上がった両目は綺麗《きれい》なアーモンド形で、魅力的な空色。

長い髪はいつでも艶を帯びている。

何でもない仕草でも仄《ほの》かな色香が匂い立つのは、彼女が美人であるだけでなく、柔らかそうな肢体をくねらせるように歩くからかもしれない。

そして魅惑的な三角形の大きな耳が、ピョコリと髪から飛び出しているためだ。

「エレインさん、まだ猫の要素が残っていますよ。耳、出ています」

「朝は苦手なのよねぇ……開店までには完全に人型になるから大丈夫よ。見ているの、ジュリアだけだもの」

気だるげに呟きながら、彼女はくわぁ……と欠伸《あくび》をした。

そのどこか長閑《のどか》な様子に、強張っていたジュリアの気持ちも微《かす》かに和らぐ。

この国には人間だけでなく、『獣人』と呼ばれる種族が共存している。

彼らは、人と獣双方の特徴を持つ。それは嗅覚や腕力などが発達しているという意味だが、性格や気質にも大きく影響を及ぼしていた。

エレインは猫の獣人であるため、本当は一日の大半を眠って過ごしたいらしい。彼女は本来夜行性なのだ。

「他の人がいる場所なら、私だってもっとちゃんとしているわ。でもジュリアなら平気でしよう？　だって貴女《あなた》は差別とか、しないもの」

共存はしている――が、獣人の立場は微妙なものであるのも事実だった。

彼らは獣の種族ごとに習慣や特徴があまりにも違う。そして数が少ない。

そのため人間社会では様々な軋轢《あつれき》が生まれやすいのだ。

無理解は誤解を生む。更に誤解は根拠のない悪意と嫌悪を育てがちだ。

恥ずかしいことに、人間の中にはあからさまに獣人を差別する者も多かった。

仕事、結婚、学習の機会まで。至る所に見えない壁が存在する。

そこで彼らの大半は己が獣人であることを隠して生きていた。

そうでなければ住む場所や医療の現場、食事をする際にも不本意な扱いを受けかねないからだ。

「……どうして人は獣人の方々を嫌うんでしょうね……」

「そんなこと言ってくれるのは、私の知る限りジュリアだけよ」

エレインも自身が半分猫であることを隠し、生活していた。

完全に人型になれる彼女にとって、それは大して難しいことではなかったらしい。

しかしひょんなことからジュリアはその事実を知ってしまった。

勿論《もちろん》最初は驚いた。田舎出身のジュリアにとって、噂《うわさ》には聞いていても実際獣人と相対する経験は皆無だったためだ。

だがそれは、逆に妙な偏見も持ち合わせていないという意味でもある。

正直な話、ジュリアはこれまで獣人など物語の中でしかお目にかかったことがなかった。

もはや神々や妖精に等しい伝説上の存在である。

だから、嫌悪するどころかむしろ感激した。幼い頃に憧れた存在が、目の前に現れたのだから。

以来エレインはジュリアの前でのみ、本当の姿を見せてくれるようになったのである。

「うーん、やっぱりまだ顔色は悪いわね……熱は測ったの？　ジュリア」

「だいぶ体調は落ち着きました。――熱は勿論、咳《せき》もクシャミもありません」

「一週間も長引くなんて、質《たち》の悪い風邪《かぜ》ねぇ」

ジュリアは部屋に引きこもっている理由を『風邪気味』と説明していた。

自分が巻き込まれた事件が、未《いま》だに何の進展もなく己でも咀嚼《そしやく》できていないからかもしれない。どう言えばいいのかわからず、曖昧にごまかすことしかできなかったのだ。

「確かに、熱はなさそうね」

ジュリアの額に手を置いたエレインに言われ、疚《やま》しさから目を逸《そ》らす。最初から発熱なんぞしていないため、案じてもらうのが心苦しい。

彼女の大きな耳がピクピクと動き、瞳孔が細く縦に引き絞られる。

勘のいいエレインに嘘《うそ》をつき続けられる自信はなく、次第にジュリアの態度が不審なものになってしまった。

「あの、もう本当に大丈夫、です……」

「貴女は高熱でフラフラでも同じことを言った前科があるから、いまいち信用できないのよ。でもまぁ、かなり落ち着いたみたいね。数日前よりは目に生気が戻っているし……――ところで、病み上がりだから断りたかったんだけど、貴女にお客様が来ているの。会えるかしら？」

「私に……ですか？」

言いにくそうに彼女がこぼし、ジュリアは首を傾《かし》げた。

こんな朝早く会いに来る知人が思いつかない。

家族も友人も、遠い田舎で暮らしている。王都でできたばかりの知り合いなら、常識外れの早朝に押しかけてはこないだろう。

「ええ。私もね、お引き取り願おうとしたのよ。でも全然帰ってくれなくて……何でも、一週間前のことでどうしてもジュリアに確認したいことがあるからって」

「一週間前……」

その一言で、ジュリアは目を見開いた。

来訪者の用件は一つしか思い当たらない。やっと治安自治隊が動いてくれたのだと、心底ほっとした。

「すぐ支度してお会いします。えっと、下にいらっしゃるんですか？」

この建物は、一階が店舗になっており、三階は仕立屋で働く従業員用の寮として使われている。ちなみに二階は倉庫である。

上得意を接客するための商談部屋も一階にあった。

「ええ。ジュリアに話を聞くまでは何時間でも待つっておっしゃっているの。どうやら王室騎士団の方だから、こちらも強引に追い返すことはできなくて……」

「王室騎士団……？」

「会えそうなら、もう少し待ってもらえるよう伝えてくるわ」

「あ、ありがとうございます……エレインさん……」

てっきり、町の治安自治隊がやって来たと思ったのに、どうやら違うらしい。

ジュリアは大いに戸惑いつつ、大急ぎで身支度を整えた。

どちらにしても、これで毎日悶々と思い悩まずに済む。何らかの解決が得られるのでは、と少なくない期待が込み上げた。

――よかった。もしかしたら犯人が捕まったのかも。そうでなかったとしても、進展はしたってことよね……！

顔を洗い、着替えをして、適当に髪を梳《と》かせば最低限人前に出られる姿にはなる。

いつも化粧はほとんどしないから、これで充分だろう。

みっともなくないことだけを鏡で確認し、ジュリアは階段を駆け下りた。

「――お待たせして申し訳ありません。ジュリア・キップスです……！」

待ち人がいるという部屋の扉を開け、思い切り頭を下げる。

一刻も早く、『犯人が捕まった』という報告が聞きたい。逸《はや》る気持ちを抑え、ジュリアが顔を上げた時――

「……え」

数秒、時が止まった気がする。

いや、体感では、ジュリアの心臓も止まった。

何故なら室内で背筋を伸ばして姿勢よく座っていた男性が、あまりにも麗しい容貌をしていたからだ。

まるでそこだけ光り輝いている。

――こんなに綺麗な人、女性でも男性でも見たことがない……

青みがかった銀の髪に、澄んだサファイアブルーの瞳。少々冷たい印象を受ける双眸《そうぼう》は切れ長で、知性の輝きを宿していた。

形のいい眉は髪色と同じ上品な銀。

細すぎず太すぎないそれは、どこか中性的なのに紛れもなく男性の色香を醸していた。

その上で禁欲的に感じられるのは、あまりにも静かな凪《な》いだ瞳をしているからなのか。まるで、長い時を生きた賢者のよう。

どう見ても二十代半ば程度の男性なのに、落ち着き払った眼差《まなざ》しは、数々の経験を経て諦念や揺るがない芯を得た老人に通じるものがある。

通った鼻筋は高く理想的な稜線《りょうせん》を描き、その下の薄い唇は凛々《りり》しく引き結ばれていた。

やや上部が尖《とが》った耳殻の形まで美しい。

鍛え上げられた体軀《たいく》は立派そのもの。

騎士服を内側から押し上げるように、全身に無駄なく筋肉がついていることが窺《うかが》えた。

――知らなかった……人間って、圧倒的な美しさで他人を威圧することができるんだ……

目を疑うほど足が長い。胸板は分厚くて腕も太腿《ふともも》も張っているのに、むさくるしさは微塵《みじん》もなく、むしろ繊細さを感じさせるのはどういうことなのか。神様が特別に腕によりをかけて作り上げたとしか思えなかった。

——ああ、この方の服を仕立ててみたい。きっとどんな格好でもお似合いになるわ。せめて全身隈《くま》なく採寸させてくださらないかしら……っ？

職業病でジュリアの思考が埋め尽くされる。

ついつい無遠慮に彼の身体を視線で舐《な》め回し、『流石《さすが》は王室騎士団の制服ね、余計な皺《しわ》が寄ってないわ！』と興奮もした。

「——初めてお目にかかる。私はリントヴェール・エストリカ。王室騎士団に所属し、現在は王太子の護衛を任されている」

ジュリアの眼前で腰を上げた彼が、ほれぼれするような見事な所作で騎士の挨拶をした。

銀の髪がサラリと揺れる。優雅だ。

異性に免疫が乏しいせいか、何だか魂が抜け落ちそうないい匂いまでする。

だが、今のジュリアの心境は、それどころではなかった。

——え。今、私の聞き間違いでなければ、王太子様の護衛を任されているっておっしゃった……？　つまり近衛兵《このえ》？　王室騎士団の方がわざわざやって来るのも意味がわからないけれど、どうしてそんな高位の騎士様が私に会いに来たの……っ？

王室騎士団とは名前の通り、王室に仕える騎士たちのことである。

実力は勿論、家柄や財力も求められ、更に王族の傍《そば》に直接侍《はべ》るとなれば、選び抜かれた者しか許されない。ちなみに容姿も基準の一つだ。

つまり、今ジュリアの目の前にいる男性は、すべてを兼ね備えているエリート様に他ならなかった。

「えっ、あ、そのっ、ええっ？」

動揺のあまり、言葉が出てこない。

ただでさえ男性とはまともに話したこともないのだ。ましてこんな超絶美形とは、同じ空間で呼吸することすら生まれて初めて。

慌てふためくジュリアの思考は、完全に空回りした。

「突然押しかけて、驚かせてしまい申し訳ない。だが一刻も早く貴女に会わねばならなかったのだ」

「わ、私に……？」

「そうだ。一週間前の件について、是非詳しく教えてもらいたい。私は殿下の命により派遣され、ここに来た」

来訪目的を告げられ、ジュリアの狼狽《ろうばい》が僅かに治まった。

そうだ。いくら相手の身分や顔に衝撃を受けたとしても、阿呆面《あほうづら》を晒《さら》している場合ではない。何せ、人一人が命を落としているのである。だとしたら舞い上がっていないで、きちんと誠実に応対すべきではないか。

ジュリアは深呼吸し、背筋を正した。

「は、はい。勿論です。何でも聞いてください。あ、その前にどうぞ、座ってください！」

立ち話で済ませる内容ではない。

ジュリアが着席を勧めると、リントヴェールはこれまた優雅な所作で一礼し、腰を下ろした。

——すごい……動作のすべてが絵になるわ……話には聞いていたけれど、王室騎士団の方って、皆こんなに素敵なの……？

だとしたら女性らがきゃあきゃあ騒ぐのも頷《うなず》ける。貴族女性たちの中にも、熱視線を送っている方が多いと聞く。

生粋の庶民であるジュリアには雲の上の人すぎて、これまではあまり興味もなかったけれど……

——何だかとても、いい匂い……

美形は香《かぐわ》しくすらあると感じたのは、やはり気のせいではなかったらしい。近づいたことで、彼の放つ芳香が濃密になる。

つい、スンッと深く息を吸い込んでしまった。

——甘い……それだけじゃなくて、心が安らぐようで、同時に高揚する……こんな香り、初めて嗅いだ……

頭が、全身が、精神まで痺《しび》れる錯覚を引き起こす。気持ちがよくて、何度も深呼吸したくなった。

酔いしれるかのようにジュリアが大きく息を継ごうとした時——

「——何だ……？　とてもいい香りがする……」

たった今、リントヴェールの体臭を堪能《たんのう》していたジュリアは、自分の思考を読まれた気分で硬直した。

「か、香りですか？」

初対面で他人の匂いを嗅いでいるなんて、控えめに言って変態ではないか。

少なくとも自分なら引く。

故に激しく挙動不審になり、頭を左右に振った。

「わ、私にはわかりませんけど……っ？　そ、それよりもえっと、あの、リントヴェール様は素敵な家名でいらっしゃいますね！　確かエストリカとは神話に出てくる神の島ですよね。とても珍しくありませんか？　私、そんな家名を持つ方と初めてお会いしました！」

この国の建国神話によると、エストリカ島は神が住まう伝説上の聖地だ。

彼の香りを堪能していたことをごまかすため、ジュリアがどうにか捻《ひね》り出した話題はこれだけだった。

──い、いきなりこんなことを言い出すなんて、変に思われるかもしれないけど……っ
相当強引な話題転換になってしまったが、他に思いつかなかったのだから仕方ない。

あまりにも唐突なことを言い出したせいか、リントヴェールが軽く目を見張っている。

それはそうだろう。ジュリア自身だって、『お前は突然何を言っているんだ』と思っているのに。

「……よく知っている。貴女は博識なのだな」

「し、神話や伝説は好きで何冊か本を読みましたから……エストリカ島は竜神の暮らす楽園ですよね。とても綺麗な、お伽噺《とぎばなし》そのものの島だとか。実在したら、行ってみたいなぁと子どもの頃から憧れていたんです。空想上の場所なのが心底残念で……」

幸いにもリントヴェールは気分を害した様子がない。

むしろ氷の如《ごと》く無表情だった顔に、淡い微笑《ほほえ》みを浮かべてくれた。

「……家名を褒めてもらうと、嬉《うれ》しいものだ」

神話には、人間の祖と獣人の祖、そして竜人の祖である神々が登場する。

彼らが話し合い、協力し合ってできあがったのが、この世界であるという物語だ。

しかし現在、竜人だけは創作上の生き物とされていた。

何故なら、竜人が本当に存在していた証拠は一つもなく、遠い昔に書かれた神話の中にし

か彼らは現れないからだ。

――あまりにも力が強大すぎて人間にも獣人にも恐れられ、争いを好まない竜人は神々の世界に帰っていった――と神話にも綴《つづ》られている。……そして今は人間が獣人を迫害して……ああ、何だか嫌な気分。人間って昔から変わらないのかな……切ない。

感傷に浸りそうになったジュリアは、意識を引き締めて自分もソファに腰を下ろした。

「……あの、それでお話というのは……」

「ああ、本来ならもっと早いうちに事情聴取をしに来るべきだったのだが……件《くだん》の事件について私のところまで上がってきたのが昨晩で、一週間も経過してしまった。――単刀直入に聞かせてもらう。貴女は被害者と加害者の顔を見たのか？」

本当に前置きの類はなく、いきなり核心を突かれた。ジュリアは数度深呼吸して、言うべきことを整理する。

被害者の顔は見えなかった。しかし犯人の一人には、特徴的な傷があったことを覚えている。何よりも職業柄、男らの服装は一つも忘れていない。

あの惨劇を思い出し、ジュリアの身体が震えた。

許されるなら、すべてなかったことにしてしまいたい。だがそんなことは駄目だとわかっている。

殺されてしまった男性の無念を晴らすためにも勇気を振り絞り、ジュリアはあの夜のことを覚えている限り残らず話した。

「男たちは黒装束でした。でもあの布は、ただの木綿《もめん》ではなかったと思います。軽くて動きやすそうなのに、しっかりとした生地でしたから。それなりに、高価なものです。通りすがりの酔っ払いが身につけられるものではありません……」

「――なるほど。ではもう一度その傷がある男に会えば、見分けることは可能か？」

「は、はい。……あのでも、今日こうしてリントヴェール様がいらっしゃったということは、犯人が捕まったわけではないのですね……？」

それどころか、やっと事件だと認めてくれたに過ぎないようだ。

あまりにも、動きが遅い。

治安自治隊員は結局、ジュリアの言葉を真剣に聞いてはくれていなかったらしい。

僅かに憤りを感じ、ジュリアの顔が強張った。

「貴女の怒りは尤《もっと》もだ。けれど現場は遺体が見つからなかったことで、ただの喧嘩だと判断し、適切な手続きを行わなかったらしい。だが私には気になることがあった。そこで殿下に報告したところ、こうして独自に捜査するよう命じられたのだ」

「王太子様が……」

「詳しくは話せないが、現在殿下は王位継承を巡り、大事な時期にいる。そして、消えた者は情報提供者の一人だった。表向き、国外に出たことになっているが……今貴女の話を聞いて、被害者の服装などから、より疑惑と確信が強まった」

混乱しつつも、リントヴェールに腹を立てても仕方がないことは理解している。

それに、ジュリアが思っていたよりも大事になりそうな予感も。

あれは単純な諍《いさか》いではなかったのかもしれない。

もっと政治的な思惑を孕《はら》んだ事件だったとしたら――

――まさか、暗殺？　私は、とんでもない現場を目撃してしまったの……？

あの夜以来ずっと恐怖はつき纏っていたけれど、より一層恐ろしさが強まった。

もし通りすがりの喧嘩などではなく、最初から被害者の男性を狙った殺人だとしたら、ジュリアは遺体も証拠もない事件の唯一の目撃者だ。

しかも実行犯はならず者などではなく、人を殺《あや》めることを生業《なりわい》としている玄人《くろうと》の可能性もあった。

果たして犯人は自分を放っておいてくれるだろうか。

――そんなこと、考えるまでもない……

被害者が本当に王太子と関わりのある者だったとしたら、これまで騒ぎにならなかった方がどうかしている。

おそらく、犯罪を示す痕跡が見つかっていないから、公にされていないだけだ。

だとしたら現在、ジュリアだけが真実への糸口を握っていると言えなくもなかった。

「わ、私……っ」

座っていても倒れそうなほど、眩暈が酷《ひど》くなった。

視界がグラグラと揺れて、平衡感覚が失われる。ジュリアは思わずソファの肘置きを摑《つか》み、崩れそうになる身体を支えた。

「顔色が悪い。大丈夫か？　嫌なことを思い出させて、本当に申し訳ない」

汗の滲んだ額をそっと拭われ、恐慌をきたしかけていたジュリアは我に返った。

すぐ目の前に、驚くほどの美形がいる。

こちらを覗《のぞ》き込んできたリントヴェールの手には、ハンカチが握られていた。

「……っ？」

「勝手に触れてすまない。だがこのハンカチは洗濯したばかりで清潔なので、安心してほしい」

「せ、清潔……？」

別に汗を拭いてくれたハンカチが清潔かどうかなど疑っていない。

しかし至極真面目《まじめ》な顔でリントヴェールに言われ、ジュリアは啞然《あぜん》とした。

――冗談……ではなさそう……。

場を和ませようとしたという雰囲気でもなく、どうやら本気で言っているらしい。

――とっても真面目な人……なのかな……

騎士として、許可なく女性に触れたことを謝罪するのはわからなくもない。だがこの状況で汗を拭ってくれたことに、ジュリアが立腹するわけもないのに。

――ましてハンカチが綺麗かどうかなんて、考えてもみなかったわ……

真剣な顔のままこちらを直視してくる彼は、少し面白い。

乱れていたジュリアの心は、リントヴェールの予想外の言動に晒されたおかげか、平常心を取り戻し始めていた。

「あ、ありがとうございます……あの、犯人……絶対に捕まえてくださいね……っ」

今この瞬間も、何食わぬ顔で生活している誰かがいるのが怖かった。

それに単純な物取りや喧嘩でないなら、黒幕がいることも考えられる。

すべてが解決しなければ、目撃者であるジュリアに本当の平穏は訪れないのだ。

「勿論だ。――そこで一つ、貴女に頼みたいことがあるのだが――」

「私に、ですか？」

「ああ。今日こうして足を運んだ一番の目的でもある。――今話してくれたことを、どうか法廷で証言してもらえないか？」

「え……っ」

犯罪者の罪状は、裁判で明らかにされる。それは世間の常識だ。

とはいえ、そんなことはあくまでも上流社会での話。

ジュリアのような平民にとっては、無関係な話だった。

民間の揉《も》め事は、大抵の場合地元の権力者に仲裁してもらうことがほとんどで、わざわざ法廷に持ち込まれることがないためである。

理由は明白。裁判には時間とお金がかかる。日々の生活に精一杯の平民たちには、余計なことにそれらを割く余裕がないのだ。

「証言……ですか？」

「ああ。貴女の見たものを、公の場で述べてほしい」

「でも……」

ジュリアが尻込みした原因は、法廷というよくわからない場に引き出されることだけではなかった。

もしもこの事件の背後に深い闇があるとしたら、自分の身に危険が及ぶと察したからだ。

この一週間、何事もなかったのは、犯人側にジュリアが何者か特定されなかった故だと思われる。

だが証言者になるのを引き受ければ、名前や身分などが公開されるだろう。

あの現場を目撃し逃げたのが、ジュリアであったとあらゆる人に知られることになるのだ。

当然、殺人者にも。

勿論、事件解決に向け、惜しみなく力を貸すつもりではいた。

しかしそれはあくまでも安全な第三者の立場からで、心のどこかではすべて話してしまいさえすれば、それでおしまいだと思っていたのだ。

——未だに見つからない被害者もいるのに……

何だかんだ己のことしか考えていなかったのだと悟り、ジュリアは自身に失望した。

あまりにも冷淡だ。

きっとあの刺された男性にも家族や友人がいたはずなのに、そこまで考える余裕もなかった。もっと言えば、思いやる気もなかった。

——私、治安自治隊の方に話を聞いてもらえば、自分のすべきことは全部終わったと思っていたわ。……私には関係ないことだからって……

恥ずかしい。これではなかなか事件として動いてくれなかった者たちへ憤る資格もない。

結局のところ、事件が解決し被害者の無念が晴らされることよりも、自身の安全を保障してくれないことへの苛立《いらだ》ちに過ぎなかったのだから。

ジュリアは己の自分本位な正義感を心底恥じ、強く目を閉じた。

「——貴女の躊躇《ためら》いは理解している。けれどどうしてもジュリアさんの協力が必要なのだ。勿論、私が責任をもって貴女の身を守るので——」

「わかりました。お引き受けします」

「安心して——え？」

おそらくジュリアの説得には時間がかかると踏んでいたらしいリントヴェールは、綺麗な瞳を軽く見張った。

予想外にこちらがあっさり受諾したので、一瞬思考停止したようだ。

だが瞬き一つの間に、動揺を押し隠したのは流石である。

「……本当か」

紳士的に振る舞いつつも、半信半疑らしい。明らかに視線が探る色を帯びていた。

「はい。私としても、早急に犯人が捕まってほしいです。必要ならば、証言でも何でもいたします」

半分は罪悪感から来るものだとしても、真相究明を求める気持ちに嘘はない。

ジュリアは怖気《おじけ》づく心を叱咤《しった》し、瞼《まぶた》を押し上げて彼を見つめた。

「……安全は、保障してくださいますよね？」

とはいえ、これだけは確認しなくては。何かあってからでは遅いのである。

真剣な眼差しを向ければ、リントヴェールはジュリアと同等以上の真摯な視線を返してくれた。

しかも彼は立ち上がったかと思うといきなり床に膝をついたので、こちらが驚く。

王室騎士団と言えば、ほとんどが貴族階級の出身。

元が平民であったとしても、並々ならぬ努力と己の実力で出世を遂げた者ばかりだ。

つまりそれだけ矜持《きょうじ》が高く、自分たちに誇りを持っている。

言い換えれば、特権意識を抱いていることも少なくないわけで、ただの小娘であるジュリアにこんな対応をする人がいるとは、思ってもみなかった。

「あ、あの、立ってください……っ」

慌てふためいてジュリアが言うと、そっと手を取られ、余計に狼狽した。

お世辞にも綺麗とは言えない、日に焼けて傷だらけの自分の手が、剣ダコのある大きな手に包まれている。

それだけならまだしも、恭しく持ち上げられ、あまつさえリントヴェールの唇が手の甲に押し当てられたのだ。

——キ、キスされ……っ……

それは騎士の誓いを示す行為。

本来なら、貴族の女性に忠誠と真心を示すもの。

話には聞いたことがあったが、ジュリアなど一生お目にかかることはないだろう一場面だった。

——こ、こんな気障《きざ》ったらしい行動が現実に行われているなんて……！　しかも何て似合うの……っ、美形はすごいわ……！

手の甲が熱い。皮膚が焼け爛《ただ》れないのが不思議だ。それから頭が弾け飛ばないことも。

「誓う。私が命を懸けて貴女を守る」

普通ならきっと、並外れた美青年にこんな台詞《せりふ》を吐かれたら、うっとり夢見心地になれるのだろう。

まるで騎士に傅《かしず》かれるお姫様そのもの。乙女《おとめ》の憧れの構図だ。ジュリアだって少しはドキドキとときめいた。

だが、今は女性の夢より目の前の過酷な現実である。

ほんの刹那ポヤーンとしたものの、ジュリアはすぐに気を引き締めた。

気分は進んでも下がっても茨の道。だったら、己に恥じないよう、まっすぐ前を目指したい。

簡単に言えば、死ぬか生きるかの瀬戸際にあって、美形に見惚《みと》れている暇などジュリアにはないのである。

「絶対に私を守ってください、お願いします……！」

「我が名誉に懸けて、必ず」

サファイアブルーの瞳がキラリと光る。

深い海や夜空を思わせる輝きに、束の間魂を吸い寄せられそうになった。

瞬きもできない。したくない。

こうしてずっと見つめ合っていたいような、囚《とら》われてしまいそうな複雑な心地が交差し、ジュリアは慌てて目を逸らした。

――何、今の……

心地よさに身を任せたい衝動と、恐れ。

何故か立ち止まらなくては、と警戒心が擡《もた》げてくる。それは無視しようとしても、ジュリアの中に厳然と居座った。

――捕マレバ、二度ト逃ゲラレナイ――

「――ジュリアさん？」

「……え、は、はいっ」

内なる声に囚われていたジュリアは、低い美声を耳に注がれ、吐息が頰を撫《な》でたことに驚愕《きよう》《がく》した。

いつの間にこれほど顔が接近していたのか。

体温を感じるほどの近さに、大層な美丈夫がいる。

長い睫毛《まつげ》が煌《きら》びやかな瞳を縁取り、瞬きする度に風を送られている錯覚を覚えた。

数秒ぼんやりとしているうちに、リントヴェールが至近距離でジュリアの顔を覗き込んでいたらしい。

あまりにも吃驚《びつくり》して後ろに仰《の》け反《ぞ》ったジュリアは、素早く立ち上がった彼の手に背中を支えられた。

「危ない。病み上がりだと聞いたが、大丈夫か」

背中に添えられた手は、微塵も揺るがず安定感があった。

危うくソファから転がり落ちそうなところを助けられ、密着する体勢になる。

反射的に吸った息は、悲鳴じみた音になった。

絡まる視線。不意に背中に回されていた手に力が籠もり、二人の身体がより密着した。

「……っ」

深い青の瞳が不可思議な色を帯びる。

見間違いだと思うのに、リントヴェールの虹彩がぐっと縦に開いた気がした。まるで、獲物を見つけたエレインの如く――

沈黙は、ほんの数瞬。

指一本でも蠢かせれば喰《く》らわれる――根拠のない確信でジュリアが身じろぎできずにいると、先に動いたのは彼の方だった。

「――失礼。また勝手に触れてしまった」

「ぁ……大丈夫、です」

何が大丈夫なのか判然としないまま、ジュリアは緩々と曖昧に頭を振った。

壊れそうなほど、心臓が暴れている。

心音が聞こえてしまうのではないかと不安になり、無意識に胸を押さえた。

背中からリントヴェールの手が離れる。

ホッとしたのと寂しさが入り乱れ、ジュリアは自分でも混乱した。

――男性に免疫がなさすぎて、どう反応したらいいのかわからないわ……

ただ、クラクラする。これが奇妙な甘い匂いのせいなのか、異性と二人きりでいるのが原因なのかは不明だが。

――だけどこの方も何か匂いを嗅ぎ取ったみたいだし……ひょっとしたら、オーナーが香りの強いものを撒いたのかな……？

「――では本日はこれで失礼する。明日、早速迎えに来たいのだが、都合はどうだろうか」

「あ……は、はい。オーナーには私から話しておきます。もともと明日は店が定休日ですから、問題ないと思います」

「そうか。ならば丁度よかった。明日は昼前に出られるよう準備しておいてほしい。持っていく物などは特にないので、普段通りの格好をしてくれればいい。裁判所までは馬車で三時間もあれば着く」

「わかりました。お待ちしています」

ジュリアが頷くと、リントヴェールは礼儀正しく一礼し、帰っていった。

室内に残されたジュリアは、ほうっと息を吐く。

何だか一気に事態が動いたせいで、気持ちが追いついてこない。未だすべてが夢だったかのような感覚があった。

——いっそあの事件も夢だったらいいのに……

せんないことを考えていると、エレインが耳を隠し、すっかり人型になって部屋に顔を出した。

「ジュリア、お客様は帰られたの？」

「はい。お騒がせしました」

「そう。何だかとんでもなく整った容姿だったけど、冷たそうな人だったわねぇ」

「いいえ。案外、優しくて面白いところがある方でしたよ」

ジュリアの汗をハンカチで拭いてくれたことや、咄嗟《とっさ》に身体を支えてくれたことを思い出し、淡く笑う。

表情は乏しかったけれど、思いの外リントヴェールは親切な人だと思えた。

「ふぅん。私はちょっと苦手かも」

「エレインさんったら……——あ、それよりこの部屋、何だかいい香りがしませんか？　まだお客様もいらしていないし、花を飾ってもいないのにいったいどこから……」

「え？　匂いなんて何もしないけど？」

ジュリアの言葉に彼女は首を傾げた。

一般的に猫の獣人であるエレインの方が、嗅覚は鋭い。

その彼女が、気になる匂いなどしないと言う。

「ええ？　すごく濃く香っているじゃありませんか」

そんな馬鹿なとジュリアは改めて大きく息を吸った。が、今度はエレインの言う通り、特に何の臭気も感じ取れなかった。

「……あれ？」

先ほどまでは噎《む》せ返るほどの濃度だった気がするのに、今は跡形もない。

いつも通り、嗅ぎ慣れた店の匂いが漂っているだけだった。

「嘘……」

不思議だ。しかし事実は事実として受け止めなければ。

釈然としないながら、ジュリアは己の気のせいだったのだと結論づけた。

あんまりにも桁外れの美形を間近で見たから、感覚が一時的に乱れたのかもしれない。

そのため、ありもしない香りを嗅いだ気がした可能性もある。そんな理屈をつけ、強引に自分を納得させた。

——おかしなこともあるものね。

「変なジュリア。やっぱり貴女、本調子じゃないのね」

「……そうかもしれません……」

神経が過敏になっているのは否めない。

――でもそれもこれも明日法廷で証言すれば、すべていい方向に進むはず……

事件が解決し、犯人が捕まってくれれば、もう怯えて暮らさなくていい。

僅かでも道筋が見え、ジュリアは緊張が解《ほぐ》れてゆくのを感じた。

――大丈夫。あと少しの辛抱よ。勇気を出して頑張ろう。

明日になれば、あらゆることが好転する。そんな期待を抱き、ジュリアは未来に思いを馳《は》せた。

夜明けを待つことなく、最悪の事態になるとも知らず。


――息が苦しい……

眠りの底から、意識が浮上する。

ジュリアはくっついた瞼を引き剝《は》がすつもりで、無理やり目を開けた。

深い睡眠から強引に覚醒を促されたせいか、頭の芯がぼんやりと痛む。全身が不自然に重い。

いつもなら、一度眠ってしまえば朝まで目覚めることはないのに、何故。

ここ最近は眠りが浅く、夜中に何度か起きることはあったけれど――

「……えっ？」

今夜は酷く乱暴に叩《たた》き起こされたかのような感覚があった。それもそのはず。

——何……これ……

室内に充満する白い靄《もや》。

息苦しさで、煙だと気がつくまでには数秒を要した。

「な、何……っ？」

それだけではなく、室温が妙に高い。窓の外には赤い色がちらつき、どこからか悲鳴が聞こえた。

火事だと悟った瞬間、猛烈に息苦しくなり、ジュリアは激しく咳《せ》き込んだ。

「ど、どうして……っ」

現状が呑《の》み込めない。それでも本能が逃げなければと訴えかけてくる。

大慌てでベッドから飛び起き、ジュリアは外に出るためにドアノブを掴んだ。だが。

「熱……っ！」

熱されたドアノブは高温になり、とても掴んで回すことなど不可能だった。

素早く室内を見回すが、どこにも火の手はない。熱と煙は扉の隙間から入ってくる。

つまり火災は部屋の外で起こっているのだ。それもジュリアが目を覚ますよりもずっと前から。何も気づかず呑気《のんき》に眠っていた自分を殴ってやりたい。

——エレインさんは無事なの……っ？

咄嗟に隣の部屋を借りている獣人の先輩を思い出す。寮で寝起きしているのは、現在ジュリアと彼女だけ。

オーナーは別の場所で暮らしている。だとすれば今、この建物の中にいるのは自分とエレインのみということになる。

——エレインさんは休日の前夜は夜通し飲みに出かけることが多いけれど……っ
普段は『女性の夜間一人歩きは危ないから、やめた方がいい』と常々思っていた。

だが今夜に限っては、どうか出かけてくれていたらと願う。

あの面倒見がよく親切な人が火事に巻き込まれていないことを、ジュリアは心から祈った。

けれどエレインの安否を確認する余裕もない。その前に己自身が窮地に立っているのだから。

「逃げなきゃ……っ、窓……っ」

扉から出られないなら、残る脱出の手段は窓しかない。

ジュリアは煙の中を可能な限り身を低くして、窓の鍵を外した。

幸いにも触れられる温度だった窓枠を摑み、一気に開く。外気が吹き込み、煙と焔《ほのお》が暗闇に舞った。

赤い。踊る熱。

物が焼ける臭い。爆《は》ぜる音。

猛《たけ》る焔が空を舐め回した。

「……そんな……」

どうにか人一人出られそうな小さな窓から身を乗り出し、ジュリアは愕然とした。

火の手は、一階の店舗から上がったらしい。それも、自分の部屋の真下辺りから。

ここは三階。最悪の場合、窓にぶら下がってから飛び降りればいいと考えていたが、甘かったと言わざるを得なかった。

いざ高さを確認すれば、地上まではとてつもない距離があり、しかも下は激しく燃え盛っている。

悲鳴と建物が焼け落ちてゆく音に、夜がざわめいていた。

禍々《まがまが》しい赤が、空へ駆け上がろうとしている。

それらを眺め、ジュリアは呆然《ぼうぜん》とすることしかできなかった。

自分の部屋が未だ火に包まれていないのは、単に運がよかっただけ。

あと数分もすれば、ここも真っ赤な炎に呑み込まれてしまうだろう。ジュリア自身を道連れにして。

——逃げられない……

熱風が下から吹き上げ、ジュリアの前髪が焦げた。

慌てて室内に引き返すも、そこから動けなくなる。

どこにも、行き場がなかった。

「どう……して」

店舗には、火災の原因になるものなんて、なかったはず。

アイロンに使った石炭だって、きちんと処理をした。

ジュリア自身が片づけたので、その点には自信がある。ならば何故。

今考えるべきは火の出どころではなく、無事に避難する方法だ。頭ではわかっている。

しかし冷静さを欠いた心と身体が完全に乖離《かいり》していた。

全身が震え、冷たい汗が背筋を伝う。

呼吸する度に苦しくて、煙が目に沁《し》みた。一度床に膝をついてしまうと、もう動けない。

痛くて苦しくて、熱い。このままでは確実に死んでしまう。

――そんなの、嫌……っ、せっかくあの事件が解決しそうなのに……！

このままジュリアが命を落とせば、すべては闇の中だ。

被害者の無念は晴らされず、犯人がほくそ笑むだけ。

そう思い至った瞬間、虚脱していた身体に力が戻った。

――まさかこの火災は……私の口封じのため……？

夜が明けたら、ジュリアが法廷で証言すると、犯人側の耳に入ったのだとしたら。

考えられないことではない。むしろその可能性は大きいと思う。

これといって火事の原因になるものが見当たらない店舗から、今夜突然出火した不自然さより、よほどしっくりくる。

――私が邪魔だから……殺すつもり……？

無関係な店に火をつけ、エレインまで危険に晒して。

これだけ大きな火災になれば、近隣の建物だって被害を受けるはず。

日々かつかつの生活をする平民たちにとって、命は勿論、財産のすべてを失いかねない火事はとても恐ろしいものなのに。

「ごほ……っ、げほげほっ」

ジュリアは這《は》いずるようにもう一度窓に近づき、いちかばちか飛び降りる決意を固めた。

死にたくない。

こんな卑怯《ひきょう》で残忍な方法で、人を排除できると思っている輩《やから》の手にかかり、葬られるなんて絶対にごめんだった。

他人の勝手な都合で、いきなり人生を終了させられるのは理不尽すぎる。

万が一ジュリアが死んでしまえば、火元として店のオーナーが責められてしまうかもしれない。それもまた、耐えがたかった。

――敵の思惑通り、簡単に死んでなんてやらない……！

火の勢いは、先ほどよりも増していた。

たとえ無事に飛び降りたとしても、上手く炎から逃げられる保証はない。夜の闇と煙に覆われ、部屋の真下がどうなっているのか見えなくなっている。むしろかなりジュリアに分が悪い賭けに違いない。

足が震え、喉が干上がる。

窓枠を乗り越えようとする身体は戦慄《わなな》くばかりで、まともに動いてくれなかった。

――せめて窓が大通りに向かっていたら、誰かに助けを呼べたかもしれないのに……！

寮として使っている部屋の窓はすべて、裏通りに向けて設けられている。店の外観を損なわないためだろう。

だからジュリアが決死の思いで脱出を試みていることに誰かが気づき、救いの手を伸ばしてくれる可能性は著しく低い。

ひょっとしたら建物の裏に窓があることも知らない者がほとんどではないか。

――自力で何とかしなくちゃ……

気持ちは焦る。けれど吹き上がる熱風の強さにジュリアの心が怖気づいた。

手が、足が、命令通りに動いてくれない。もう一刻の猶予もないのに。

待っていても、無残に殺されるだけ。そしてジュリアの死を喜ぶ誰かがいる。

――行くの。行かなきゃ。このままじっとしていてもどうにもならないでしょう……！

煙に晒された両目からは、とめどもなく涙が溢《あふ》れた。

大して信じてもいない神に祈り、強張る身体を無理やり動かす。

ジュリアは震える膝を、窓枠に乗せた。その時。

「ジュリアさん、こっちへ！」

いきなり頭上から縄梯子《なわばしご》が降ってきた。

驚いて見上げれば、屋上から投げ落とされたものだと知る。

炎に照らされた一人の男性。聞き覚えのある声。

がっしりとした体格は黒いマントを羽織っていても窺い知ることができた。更に深く被《かぶ》ったフードから覗く銀の髪。

知り会ったのはほんの数時間前。それもごく僅かな時間。

けれど直感とも言うべき強さで、ジュリアには男が誰なのかがわかった。

「リントヴェール様……！」

何故、彼がここに。

それも屋上から。縄梯子はいったいどこから持ってきたのか。

いやそれより、火災が起きていることをどうやって知ったのだろう。

聞きたいことは沢山ある。だが悠長に問い詰めている余裕はなかった。

「怖いだろうが、私を信じて上ってきてくれっ、それ以外に助かる道はない……！」

「は、はいっ」

切羽詰まったリントヴェールの声に急《せ》かされ、ジュリアは意を決した。

汗ばむ両手で縄梯子を摑み、窓から身を乗り出す。

風に煽《あお》られた梯子は、大きく揺れた。

本当に体重をかけても大丈夫か不安になり、吐き気と眩暈が酷くなる。

意識がぼうっと霞《かす》むのを、必死で繫《つな》ぎ止めた。

「必ず、貴女を助ける。だから私を信じてくれ」

生き延びたいなら、選択肢は一つだけ。

ジュリアは上だけを見つめ、窓枠から外へ足を踏み出した。

「……っ」

ぎしりと縄が軋《きし》み、大人一人分の体重を受け止めた。

汗ばむ手が瘧《おこり》に罹《かか》ったように震える。

しかし、このまま上るわけにはいかない。頭上には屋根がある。つまりジュリアが屋上に到達するには、梯子の反対側に回らねば途中でぶつかってしまう。

足が竦《すく》み、恐怖で声も出ない。

自分がこんなに弱虫だなんて知らなかった。もう少し、肝が据わった方だと思っていたのに。

――駄目……！　指が開かない……！

縄を握り締めたまま、手が固まってしまったようだ。

自分の意思では拳を開くことができず、ジュリアはぎゅうぎゅうに梯子を握った。

行かねばならない気持ちと不安定に揺れ続ける恐怖で混乱する。

焦るほど正しい選択ができなくなった。このまま動きたくないと心が折れる。

噛《か》み締めた奥歯がギリリと嫌な音を立てた。

「――落ち着いて。貴女なら、できる」

「え……」

完全に萎縮した気持ちが、リントヴェールのたった一言で微かに解れた。

空回りしていたジュリアの頭も冷静さを取り戻し始める。

戦慄きながら頭上に視線をやれば、彼が力強く頷くのが見えた。

「――ここまで……私のところまで来てほしい」

こちらに伸ばされた腕。まだ到底届く距離ではない。

それでも、不思議とジュリアの凍りついていた手足が動き始めた。

「……行きます……っ」

守ると誓ってくれた言葉を信じて。

揺れる縄梯子に掴まってバランスを取るのは、想像以上に難しかった。

屋上まで、随分遠く感じる。

一歩足を持ち上げるだけでも、相当の労力と勇気を要した。

もしも手が滑ったら。足を踏み外したら。

そうでなくても縄梯子が切れてしまったら。下からはひっきりなしに火の粉が舞っているのだ。延焼しないとは言いきれない。

悪い想像ばかりが広がり、ジュリアの呼吸が忙《せわ》しくなった。

──怖い……っ、お願い、もう揺れないで……！

荒れ狂う風に対し、縄梯子にしがみつく自分はあまりにも無力だ。

これ以上煽られれば、きっと落下してしまう。

目が痛くて、もはや瞼を開けてもいられない。手探りで梯子の裏側に回り込み、一段ずつ上る。

火の勢いがここにきて増したのか、熱さと焦げ臭さが強くなった。破裂音がそこかしこから上がる。

ゴウッと一際大きな音が響き、ジュリアの命綱である縄梯子が激しく巻き上げられ、そのまま壁に叩きつけられそうになった。

「や……っ」

眼前に外壁が迫る。もう駄目だと強く瞑目《めいもく》した次の瞬間、ジュリアの身体は一気に引き上げられた。

「……えっ」

右手首を掴まれ、宙吊り状態になっている。

状況が呑み込めず何度も瞬くものの、燻《いぶ》された両目は思うように開いてくれず、すっかり役立たずだった。

——何がどうなったの……?

霞む視界の中、必死に目を見開けば、リントヴェールが片手で自分を持ち上げているようにしか見えない。しかも、軽々と。

——え、でもそんなはずないよね……?

いくら鍛え上げた肉体を誇る王室騎士団の一員であっても、成人女性をひょいっと片手で持ち上げられるとは考えられない。

しかも涼しい顔をしているではないか。とても人間業とは思えなかった。

「よく頑張った。このまま屋根伝いに逃げるぞ」

「や、屋根伝いに……?」

ジュリアの疑問も動揺も、この危機を脱するまでは些末《さまつ》な問題なのだろう。

しかし、相変わらず両足は宙に浮いたまま、ジュリアは首を傾げた。

「——下に下りれば、奴らに見つかる可能性がある」

「……!」

その一言で、火災の原因が察せられた。やはり自分の考えすぎではなかったらしい。邪魔な目撃者として命を狙われたのだと、改めて実感する。それは巨大な恐怖となってジュリアの全身に絡みついた。

「わ、私……」

「歩け――そうもないいな。失礼」

言うなり、ジュリアは宙吊り状態からまるで荷物のようにリントヴェールの小脇に抱えられた。

当然だが、これまでそんな扱いをされたことはない。

異性云々の前に、これでは完全に運搬対象である。人間扱いですらない。

「ちょ……っ」

「静かに。あまり時間がない。このまま夜陰に紛れて姿を隠そう」

「え……で、でもまだエレインさんが中にいるかも……！」

「それなら心配するな。貴女の同僚は、今夜酒場に行ってまだ戻っていない」

どうしてそんなことを知っているのか。まるでずっとジュリアたちを見張っていたみたいではないか――という疑問は喉奥に引っかかって出てこなかった。

口にするより先に彼がジュリアを抱えたまま走り出したためだ。

「ひぃ……っ」

ここは屋根の上。

にもかかわらず、リントヴェールは舗装された大通りを駆けるように身軽に走り抜けた。ジュリアの職場である仕立屋の建物から隣の建物へ。更にそこから奥の店舗、民家、会社の屋根を軽々と飛び越えてゆく。

途中、建物同士の距離があってもものともせず、飛ぶように身を翻した。

「お、落ち……っ」

「落としたりしない。安心したまえ」

どこの世界に重い荷物を抱え、ひょいひょいと屋根を飛び移ってゆく人間がいるのか。しかも下では大規模な火災が起きている。

熱風が荒れ狂ってまともに立っていられないどころか、視界も悪い。

呼吸さえままならない中、平然としているリントヴェールが信じられなかった。

表通りは沢山の見物人で埋め尽くされ、それらの人々の視線を避けるように、彼は上手く物陰を渡りどんどん距離を稼ぐ。

そのスピードたるや、地上を一人で走っているのと変わらないのではないかと思えた。

「リントヴェール様……！」

「黙って。安全な場所に到着するまでは、じっとしていてくれると助かる」

質問も受けつけてもらえない空気に、ジュリアは口を噤《つぐ》む以外ない。というか、下手《へた》に喋《しゃべ》

ろうとすると舌を噛んでしまいそうで自重した。

それでなくとも、抱えられているせいで腕が腹に食い込み少々苦しい。

いや、彼が大きく跳躍し隣の屋根に着地する度、ドスンと内臓に衝撃が響くのだ。正直、色々なものが飛び出しそうである。

ジュリアは夜を舞う幻想的な火の粉の中、すべてが夢だったらいいのにと心底願った。

——私、運はいい方だと思っていたのに、何でこんなことになったのだっけ……

約一週間前、恐ろしい現場に遭遇してしまったばかりに、どんどん人生がおかしな方向に流れている気がする。しかも爆速で。

——本当に安全な場所なんて、あるのかな……

きっと犯人が捕まるまで、ジュリアの平穏な日々は戻らない。

けれど簡単にすべてが解決するとはどうしても思えず、絶望感に苛《さいな》まれた。

——たとえ犯人が捕まっても、お店は燃えてしまった……元の生活には戻れないかもしれない……

どうか近隣住民への被害が最小限に抑えられますように。

間違っても巻き込まれて命を落とす人が出ませんように。

オーナーが責任を問われることになりませんように。

消火活動に奔走する人々を見下ろしながら、ジュリアは嗚咽《おえつ》を堪《こら》えた。

「――泣くな。貴女が無事生き延びて証言すれば、必ずすべてが明らかになる。そうすれば、金銭的な補償が受けられるはずだ」

怒号と悲鳴が響き渡る中、愛想の乏しいリントヴェールの声が優しく聞こえた。

ジュリアの心を読んだかのような絶妙なタイミングで慰めてくれたことにも驚く。

そっと頭を撫でてくれる手が、労《いたわ》りに満ちていたから安堵《あんど》したのかもしれない。

不安で堪らなかった気持ちが、微かに希望を取り戻した。

「そう……ですよね。必ず罪は明らかにされ、被害者は救われますよね」

「ああ。大丈夫だ」

実際には、物事がそう簡単でないことくらい知っている。

まして貴族や権力者が相手では、平民など踏みつけられるだけの存在だ。

本当に万事解決するかなど保証はなかった。

それでも、ジュリアの気持ちを汲《く》んで、彼が励ましてくれようとしていることは存分に伝わってくる。

押し潰されそうな心を鼓舞し、ジュリアは瞬きで涙を振り払った。

――負けない。私は簡単に踏みつけられたりしないもの。

そのためにもまず、今夜生き延びねばならない。

奥歯を噛み締め、萎えそうになる四肢に力を込める。大丈夫だ。まだ心まで死んではいない。相変わらず荷物扱いではあっても。

そのままどれだけ移動したのか。

闘志を取り戻したジュリアが彼に抱えられ辿《たど》り着いたのは、町はずれの廃屋だった。

ここまで来ればひとまず安心だとリントヴェールが言い、やっと下ろしてもらえたのだ。

かなり長い時間、人を抱えて走り回り跳び回ったはずなのに、彼は微塵も息を乱していなかった。

——化け物かしら……騎士様って、すごい……

若干引いたのは、内緒である。

「——とりあえず用意した服にここで着替えてから、すぐに出発する」

「どこへ向かうのですか？　裁判所ですか？」

自分の格好を見下ろせば、ジュリアは寝間着姿な上に所々布が焼け焦げてしまっていた。

これではどこに行こうとも目立って仕方がない。故に、着替えることは大賛成だ。

けれどいったい今後どこを目指すと言うのか。

「——殿下の別邸に向かう」

「王太子様の……？」

だったら直接彼がいる王城に向かった方が早いのではないか。

そう言いかけて、ジュリアはハッとした。

「――察しがいいな。頭のいい女性は嫌いじゃない。貴女の考えている通り、このまま王城に向かえば敵の懐に飛び込むも同然だ。今はまだ、誰が敵で誰が味方か確信が持てない。今夜、ジュリアさんが襲われたことで、私は自分の見通しの甘さを痛感した。目撃者である貴女が証言するのを知っているのは、ごく一部の人間のはずなのに……」

彼の言わんとすることはよくわかる。

おそらくリントヴェールは、犯人を追いつめるための切り札としてジュリアを使うつもりだったに違いない。

王太子と面識がある者が殺害されたとなれば大事件だ。犯人はそうそう簡単に尻尾《しっぽ》を出さないだろう。

リントヴェールは、信頼する者にしか計画を話していなかったはず。

それなのに、ジュリアは襲撃された。これが意味することはたった一つ。

「……裏切り者がいる、ということですね……」

リントヴェールの部下の中か、同僚か、それとも上層部か。

どちらにしても内通者が潜んでいたのだ。だからこそ、情報が筒抜けになっていたのだろう。

明日になれば、ジュリアは法廷で証言するため出発する。

目撃者の存在が明らかにされた後では、葬り去ることが困難になると踏み、今夜しかジュリアを消す機会がないと判断したに違いない。それこそ虫けらのように。

「……あの火事は、事故や偶然ではないということですね……」

自分でもわかっていたけれど、微かな期待を捨てきれなかった。

誰かがジュリアを疎んじ殺そうとしていたなんて、本当なら考えたくもない。

黒々とした悪意を向けられるのは怖い。およそそこまでの憎悪を受けたことがないジュリアは、震える自らの身体を強く抱いた。

「――残念だが、故意に火をつけられた形跡があった。それに火の回りが速すぎる。不自然だ。何よりも貴女の部屋の扉は、外から封鎖されていた。――気づいていなかったか？」

「ふ、封鎖？」

ドアノブが熱くて握れなかったため、扉が開くかどうかまでは気にしなかった。

初めて知る事実に愕然とする。

今夜本当に誰かがジュリアを殺めようとしていたのだと知り、もう立っていることもできなかった。

「ジュリアさん、危ない……っ」

その場にくずおれたジュリアは、戦慄く両手で口を押さえ、どうにか悲鳴を噛み殺した。

泣いて叫びたいけれど、それは何の解決にもならない。時間もない。

しかし震えが止まらず体温が下がってゆく。

「……リントヴェール様は、何故そこまでご存じなのですか……？　それに、今夜はどうしてあの場所に……」

「何があるかわからないので、夜通し見張っているつもりだった。そうしたら怪しい男たちが侵入し、火を放った。おそらく何らかの薬剤を使ったのだと思う。瞬く間にあちこちに燃え移り、消火どころではなくなった。勿論すぐに貴女を助けたかったが、部屋の扉を封鎖しているものをどかすよりも、屋上から助けた方が早いと判断したんだ。その方が、奴らの目をごまかすこともできる」

「ごまかす？」

「――貴女は死んだと思われていた方が、今後身動きを取りやすい。生きていると知られれば、必ず新たな刺客が送られてくるだろう」

殴られたような衝撃を感じ、ジュリアは吐き気を覚えた。

こんなことになるなんて、一週間前の自分には想像もできなかった。

平凡でも穏やかな毎日がずっと続くと信じていたのに、今は嵐の中で揉みくちゃにされている気分だ。

これから先のことを考えると、絶望感でいっぱいになる。

泣きたくないと思っても、涙が溢れて止まらなくなってしまった。

「――恐ろしい思いをさせて、すまない」

甘い匂いが濃く漂う。

使われていない廃屋は埃《ほこり》と黴臭《かびくさ》さに満ちていたのに、昼間嗅いだいい香りが急にジュリアの鼻腔《びこう》を満たした。

包み込まれる温もりと、背中を撫でてくれる大きな掌《てのひら》。

リントヴェールに抱き寄せられているのだと気がつくには、数秒が必要だった。

「……っ」

「人は、心細い時は人肌の温もりがあると安心する。以前、仲間に聞いたことがある」

「な、仲間……っ？」

確かに恐怖に支配されていたジュリアの心は、たちまちそれどころではなくなった。

しかし安心とはほど遠い理由からだ。

何せ誰もいない場所で真夜中に超絶美形と二人きり。

相手は自分を窮地から鮮やかに救ってくれた人。その上自身は寝間着一枚という出で立ちである。まっさらな乙女として、これはちょっとあり得ない。

「あ、あの……っ」

「遠慮することはない。ああ、身体が随分冷えている。そこまで気が回らなくて申し訳なかった。私のことは上着か何かだと思い、暖を取るがいい」

こんなに筋肉質で見目麗しい上着があるわけがない。

しかも無機質な上着が背中を摩《さす》ってくれるはずがなかった。

「よ、余計落ち着きません……っ」

恋愛経験豊富ならまだしも、こちとら男性とまともに会話したこともない乙女である。耳朶《じだ》を擽《くすぐ》る吐息に、変な声が漏れそうになった。

薄布一枚越しでは、生々しい感触が伝わってくる。そして体温も。

「……んっ」

妙に掠《かす》れた音をジュリアがこぼした刹那、それまで静かに背中を摩ってくれていた手が、僅かに乱れた。

リントヴェールの肩もやや強張った気がする。

それだけではなく、こちらの腰を抱く彼の手に明らかに力が籠もった。

「……？」

動揺と呼ぶには微かな変化だが、密着していたせいでジュリアには感じ取れた。

何よりも、香りが濃くなる。甘く、頭を蕩《とろ》かす不思議な匂い。

それが濃度を増し室内に充満している。理性を剝ぎ取るような、妖しく危険な芳香が。

「や……っ」

咄嗟にリントヴェールの身体を押しやったのは、困惑したからだった。

このままではぼうっとして、おかしなことを口走ってしまう予感がする。

ただでさえジュリアは焼け出されたばかりで、ここ最近の心労も重なり冷静とは言いがたい。

これ以上醜態を晒したくなくて、全力で意識を引き締めた。

「あ、その、もう大丈夫ですから！　ご心配をおかけして申し訳ありません！」

実際、冷えていた身体も今は熱いくらいだ。全身火照って、先ほどまでとは違う理由の汗をかいていた。

恥ずかしい。やたら汗っかきな女だと思われたら死ねる。ただでさえ焦げ臭いのに。

真っ赤に染まった頬を見られたくなくて、ジュリアは急いで彼に背中を向けた。

「す、すみません。私を元気づけてくれようとしたんですよね。わかっていますが、こういうことは自重していただけると助かります……！」

自分の心臓が持たないので、とは流石に言えない。

いかにもモテない、寂しい女のようで我ながら情けなかった。

しかし羞恥で顔から火が出そうなジュリアの態度をどう解釈したのか、リントヴェールはしばしの沈黙の後、小さく息を吐いた。

「――失礼した。また貴女の許しもなく、勝手に触れてしまった。だが決して疚しい気持ちがあったのではなく――」

「勿論、それもわかっています！　あ、あの着替えろとおっしゃいましたよね。ふ、服はどこに……」

物慣れない女が舞い上がっているだけなので、真摯に謝罪されると余計に居た堪れない。

ジュリアは強引に話題を変え、廃屋の中を見回した。すると、片隅に二つの荷物が置かれているのが目に入る。

背負う形の大きな鞄だ。それから服と靴。

スカートではない。それはどう見ても、男性物だった。しかも旅装らしきものだ。

「……え？」

「ここから先は、念のため男装してもらう。髪は縛って帽子を被ってほしい」

「男装……？」

人は予想外のことを言われると、頭が真っ白になるものらしい。

この国では、女性は身分や年齢に関係なく、長いスカートを身につけるのが常識だ。

獣人も同じ。

ズボンを穿《は》くのは男性だけ。女だてらに動きやすい格好や足を見せる服装を着用するのは、恥ずべきことだとされていた。

そんなことをするのは、大層な変わり者か娼婦くらいのものだ。

まして、そのズボンが子ども用の膝下丈ならなおさらである。

ジュリアは広げた着替えを前に呆然とした。

まさかこれを自分に着ろと言うのか。これでも十八歳の立派な年頃の女だ。

それを子ども服、しかも足の形が露になる短いズボンを着用しろとは、拷問に等しい。侮辱以外の何ものでもなかった。

「流石に……これは……っ」

「奴らに貴女が生きていることが知れたら、『若い女』を重点的に探すだろう。『男の子ども』は捜索対象から外れるはずだ。いずれ変装が露見するにしても、時間を稼げる」

「せ、せめて成人男性の格好とか」

「貴女が男物の服を着たところで、女性の男装でしかない。余計目立つだろう。だったら子どもを装った方がよほど自然だ。——早くしろ。まだ夜が明けきらないうちに移動したい」

控えめに粘ったものの、ジュリアの苦情はあえなく撥《は》ねつけられた。取りつく島もない。

ここで押し問答しても、時間を浪費するばかりで危険が増すのみ。

ジュリアは渋々、本当に嫌々ながら、不承不承着替えようとしたのだが——

「——えっと……着替えたいのですが」

「私のことは気にせず、どうぞ。こちらはもう旅装になっている」

言うなりリントヴェールは黒いマントを捲《めく》って自身の格好を見せてきたが、違う、そういうことではない。

騎士団の制服も凛々しいが、ごく一般的な平民の旅装束も絵になる男に一瞬見惚れそうになったが、勿論そういうことでもなかった。

女が寝間着から服を着替えると言っているのだ。普通なら、部屋を出て行くのが常識ではないのか。

「――ああ、背中を向けているから安心するといい」

「あ、ありがとうございます。いや、その、ええっとですね」

彼はジュリアの考えていることを察する能力は高いのに、肝心なところが伝わっていない。あいにく、自分は男性がいる部屋で、堂々と着替えられる図太い神経は持っていないし、二人は顔見知り程度のほとんど他人だ。背中を向けているという言葉を信じていいかも判断できかねる。

とはいえ、命の恩人に『出て行ってほしい』と告げるのは気が引けた。

まったく信じていませんと宣言しているのも同然ではないか。

――それこそ立派な侮辱よね……でも、この状況で着替えるのは……っ
一応女として躊躇われる。

衣擦れの音を聞かれるのも恥ずかしい年頃だ。そんな微妙な女心を理解してほしかったけれど、贅沢《ぜいたく》な悩みであったらしい。

「急いでくれないか。少しでも距離を稼ぎたい。初動が大事なんだ」

「ぐ……っ、はい……」

言外に『お前の裸には一切興味がありません』と滲ませられ、これ以上恥じらっても仕方がなかった。

ジュリアは大きく息を吸い、勢いよく寝間着を脱ぎ捨てる。

どうせ優秀な騎士団員であるリントヴェールは、女性に不自由などしていまい。

特別美人でも豊満でもないジュリアを、いやらしい目で見るとは思えなかった。

――それに、勝手に触ったことを謝ってくれるくらいだものね……よくも悪くも私に関心なんて微塵もないということだわ……

それはそれで屈辱の極みでもあるのだが、ひとまず安心して着替えさせてもらうことにした。

一度心が決まれば、迷わない。

考えてみれば、火災の中縄梯子を上った時と比べれば、大した試練でもなかった。

だったら下手に隠しながらモタモタと着替えるよりも、ばっと脱いでさっと着た方が早いに決まっている。

――リントヴェール様は出会ったばかりだけど、誠実な方なのは伝わってきたわ。そんな人を疑うなんて、私の方が失礼よね。あんな素敵な人が、私如きの着替えを盗み見るわけがないじゃない。そうよ、気にするだけ損だわ。

ジュリアは威勢よく下着一枚になり、少年用の服を身につけた。

初めて穿いたズボンは風通しがよくて落ち着かないものの、動きやすくて案外悪くない。それに靴が足首までの編み上げになっていることも気に入った。安定感があって、いかにも歩きやすそうなのだ。

柔らかい革は、結構高価なものなのかもしれない。

普段布製や木製の靴ばかり履いていたジュリアには、何だか感動の履き心地だった。

――やだ、癖になりそう……

まさか男性の服がここまで快適なものだったとは。

よく考えたら捲られれば一巻の終わりなスカートより、よほど信頼が置ける。

これなら走っても、足に纏わりつくことはないだろう。

――考えたことがなかったけれど、女性用ズボンは悪くない発想かもしれないわ。でも、いきなりは受け入れられないだろうし、まずは部屋着や寝間着として売り出したら、どうかしら……？　あ、作業着にも悪くないかも……

職業柄興味が湧いてしまい、ジュリアは自分が身につけた服をしげしげと見下ろした。

――おおっ、実用的な位置にポケットがあるのね。これはいいわ……！

ついでに屈伸などをして機動性を確かめていると、背後から申し訳なさげな声をかけられた。

「――着替えは終わっただろうか？　振り返っても大丈夫か？」

「えっ、あ、はい！　お待たせいたしました」

新たな服の可能性に意識を奪われ、ジュリアはすっかりリントヴェールのことを忘れていた。

どうやら彼は、律義に有言実行で背中を向けて待っていてくれたらしい。流石、紳士だ。

「ど、どうでしょう……？」

どうもこうもない子ども服（しかも男児用）を纏っただけなのだが、つい聞いてみたくなるのが女心というもの。

ジュリアが俯《うつむ》き加減で問うと、リントヴェールがじっくりと上から下まで舐めるような視線を向けてきた。

――え、そんなに真剣に見る？

どこかおかしいのだろうか。

着方は合っているはず。前後を間違えたなどの失敗もないと思う。

だが不安になるほどの執拗《しつよう》な眼差しだった。

「――……可愛いな」

「えっ」

年頃の女として、素敵な男性にそう言われればときめいて当然だ。

だが胸が高鳴ったのと同時に、廃屋に残されていたガラス窓に映った自分の姿に気がつき、

ジュリアの弾んだ心は急降下した。

——や、野暮ったいお子様がいる……

どこからどう見ても、色気など皆無の子どもが映っていた。

女性らしさは欠片《かけら》もなく、男子と言われれば疑われることもないだろう。

髪が長いことだけは不自然でも、それこそ帽子を被ってしまえばわからないに違いない。

とにかく、何の変哲もない『少年』がちょこんと佇《たたず》んでいたのだ。

——こ、ここまで自分がお子様体型だったとは思わなかったわ……

ジュリアはどちらかと言えば小柄で、ほっそりしている。華奢《きゃしゃ》と言えば聞こえはいいが、要は全体的に肉づきが薄いのである。胸も、尻も例外ではなかった。

そこへきて男児用の服を着れば、ある意味しっくりと馴染《なじ》む。

悔しいけれど、違和感は一切なかった。

——これはこれで何だか傷つく……

変装して逃亡を図るのだから、計算通りと喜ぶべきかもしれない。しかし女としての矜持が著しく損なわれた。

「よく、似合っている」

「——ありがとうございます……」

褒め言葉なのか疑いたくなるのは不可抗力だ。

もしかしたら遠回しに『子どもっぽいな』と嘲られているのかもしれない。

――うう……居た堪れない……穴があったら入りたい気分だわ……。

切ない。エレインのようにしなやかで魅力的な体型だったらよかったのに。

――いやでもそうしたら、男の子に変装して逃げるという計画が最初から破綻しているのか……。

やはり子ども服（男児用）が似合うのは喜ぶべきことなのだ。

着こなした自分、万歳。

無理やり己を納得させ、ジュリアは髪を一括《ひとくく》りに結んだ。

「では行こう。これから先、我々は兄弟を装って動く。貴女のことはジュリオと呼ばせてもらう。本名に近い偽名の方が反応しやすいだろうし、ジュリオならば珍しい名前ではないから、怪しまれはしないだろう」

「わかりました。――あの、私はリントヴェール様を何とお呼びすれば……？」

流石に『リントヴェール様』では不審に思われる。

そもそも容姿がまったく似ていないのだから、兄弟設定は無理がある気がした。

いっそ、貴族青年と従者――程度がピッタリなのでは？　などとジュリアが考えていると、彼がしばし悩んだ後、おもむろに口を開いた。

「――お兄ちゃん？」

「いや、無理です」

考えるより先に、ジュリアの口が否定した。

花の王室騎士団員様を捕まえて、『お兄ちゃん』はあり得ない。そもそも容姿が並外れてない。あり得ない。

整ったリントヴェールには似合わなすぎる。

ひょっとしたら彼にも弟妹がいるのかもしれないけれど、その場合だって『お兄様』が相応《ふさわ》しいに決まっていた。

だがごく一般的な平民の格好をして、『お兄様』もあったものではない。

——やっぱり設定はお金持ちのお坊ちゃんと、使用人で丁度よかったのよ……！

しかし今更グダグダ言ってもどうにもならず、用意された服はこれだけだ。

それにこれ以上同じ場所に留まるのは危険を増やすだけだった。

「と、とにかくその件は後から考えるとして、参りましょう、リントヴェール様！」

「——ああ、そうだな。……兄さん、の方がよかったか？」

若干残念そうに聞こえる声音で、彼は呟いた。

だがジュリアは小声の疑問を華麗にやり過ごす。

「私はこの鞄を持てばよろしいですか？」

「重かったら、言ってくれ。最低限の旅支度にしてあるが、女性には厳しいかもしれない」

「平気です。これくらいなら、いつも仕事で抱えています。布って案外重いものなんですよ」

ずっしりとしてはいるものの、背負ってしまえばどうにかなる。

ジュリアは帽子を目深に被り、準備を整えた。

窓に映る自分は、どこからどう見ても完璧に少年だ。泣いてなんていない。少しばかり視界が滲んだ気がするのは、煙にやられたせいに決まっていた。

「とりあえず次の休憩場所に到着したら、身体を休められるので頑張ってほしい。馬車での長距離移動では進める道が決まり、どうしても後を追いやすくなる。――歩かせてしまうことになるが、許してくれ」

「……リントヴェール様の責任ではありませんよ」

「いや、私がもっとしっかり警戒していれば、火を放たれることはなかった。――本当にすまない。この埋め合わせは、必ずする」

――この人は本当に誠実な方なんだな……私みたいな平民にも、命令することなく同じ目線で向かい合ってくれている……

思えば、証言を求められた時だって、高圧的に命じられても不思議はなかった。

けれども彼は、ジュリアに『お願い』してくれたのだ。

ちゃんとこちらの意思を確認してくれた。もし絶対に嫌だと拒否したら、諦めてくれたのかもしれない。

——そんな無責任なこと、するつもりはないけど……

だからきっとジュリアを守ってくれると言うのも、信じていい。

他に縋《すが》れるものがないからこそそう思う可能性もなきにしもあらずだが、今の自分にとって信頼できるのはリントヴェールだけである気がした。

まるで世界に二人きり。

他に頼るものがなく、互いだけをよすがにさまよっているよう。

そんな錯覚を抱きながら、ジュリアは肩に食い込む鞄の背負《しょ》い紐《ひも》を握り締めた。

「——行こう。私から離れないで」

「はい」

大きく頷いたジュリアは、前を行く彼を追いかけた。

2 夜市

隣町の宿に到着したのは、昼前だった。

その間、夜通しほぼ歩きっ放し。

一階が食堂になった宿に部屋を取り、ようやく休めたのはありがたい。

だがしかし、リントヴェールと同室の一部屋だけというのは、いったいどういうことなのだ。

狭い室内に、並んだ二つのベッド。片隅に置かれた小さな机と椅子。それだけが客室の中にある家具だ。殺風景で簡素。

よく言えばすっきりした一室。悪く言えばいかにも場末の宿屋。

部屋の片隅には二人の荷物が纏めて置かれていた。

「兄弟だと名乗っているのに、別の部屋に寝泊まりしたら不自然だろう。まして貴女は未成年の設定なのに」

「……そうですね」

まったくもって正論である。だからこそあえて言わせてもらいたい。

それなら初めから『坊ちゃんと従者』設定にしましょう、と！

——いくらリントヴェール様が非の打ち所がない紳士でも、嫁入り前の娘が男性と二人きりで同じ部屋に宿泊なんて……とんだ破廉恥だわ……！

もしも両親に知られれば、『そんな娘に育てた覚えはない』と泣かれるのが目に浮かんだ。彼らはごく一般的な、貞操観念強めの田舎からほとんど出たことがない善良な人たちである。

王都では出会いが多いし、結婚前に交際するのが普通でも、それはあくまで都会でのみのこと。

地方では、親が決めた許婚《いいなずけ》に嫁ぐまで、異性とは会話もろくにしたことがない娘は珍しくないのだ。

——それなのに、一足飛びに同じ部屋で宿泊！　ええ勿論、変なことになるはずはないわ。信頼しているもの。というか私、リントヴェール様の前で下着姿にまでなっているのよ。見られてはいないけどね！　これでつき合っていないどころか友人ですらないなんて、いったいどこの誰が信じてくれるの？　私だって変だと思うわよ！

もう色々立て続けに起こりすぎて、ジュリアの情緒はめちゃくちゃだ。

自分でも何を一番嘆いているのか、よくわからなくなってきた。

——私の人生、ここに来て怒涛《どとう》の勢いで波乱万丈すぎない？　普通、殺人現場を目撃した上、その後証言を求められたと思ったら火を放たれて殺されそうになるなんてあり得る？

もしかして、これまでずっと幸運だったから、神様が帳尻を合わせようとしているわけ？　もう、神様なんて信じない！

さりとていくら毒づいてみたところで、これが現実。

ジュリアは硬いベッドにぐったりと横たわり、うつ伏せの体勢で深々と嘆息し呟いた。

「……ここは人が多い町なんですね。どこの宿も満室だなんて……」

「この町は、王都からほど近い観光地でもある。知らないのか？　夜市が有名だろう。見物すれば、時間的に宿泊しないと難しいから、年間通して宿は混んでいるんだ」

「そうなのですか……私、王都に出稼ぎに来て以来、遊ぶことがなかったものですから、まったく知りませんでした」

まして夜に賑《にぎ》わう場所なら、女一人で来るのが躊躇われるので関心も持っていなかった。

ひょっとしたらエレインは来たことがあるのかもしれないけれど、給金のほとんどを仕送りに回しているジュリアに気を遣って話題に出さなかった可能性に思い至る。

――今頃きっと、エレインさんは私を心配してくれているよね……。

猫の獣人である面倒見のいい先輩を思い出し、彼女の無事を願って気分が沈んだ。帰りたい場所がどんどん遠くなっていく気がする。

そんな不安を振り払って、ジュリアは無理に口角を引き上げた。

「夜市ってどんなものなのですか？」

「かつての領主が東方から持ち帰った、布や紙で作られた照明器具を再現し、町中に飾るんだ。夜店も出て、とても幻想的な光景が広がる。以前立ち寄った際は、異国情緒が満載でなかなか見応えがあったな」

「へぇ……毎晩行われているのですか？」

「ああ。季節ごとにテーマを変えるらしい。照明器具は形や柄がまちまちなのに、無数に並ぶと不思議な統一感がある」

気持ちを切り替えるために振った話題であったが、ジュリアは興味をそそられた。

夜の町に色とりどりの明かりが浮かび上がるのは、きっととても美しい光景だろう。

町の規模のわりに活気があるのは、そういうことかと納得した。

「きっと綺麗なんでしょうね。今度機会があったら見てみたいなぁ……あ……でも、それならむしろよく一室でも宿に空きがありましたね」

「この宿を営んでいる店主は、昔騎士団の下働きをしていた男だ。今でも融通を利かせてくれる」

「そうですか……どなたかに不利益がいっていないといいのですが」

もしも自分たちのせいで誰かの宿泊予約が取り消されたなんてことになっていたら、後味が悪い。

ジュリアは特に意識することもなく、ぼんやりとこぼした。

「……貴女は自分が辛《つら》く追いつめられた状況でも、他人の心配ができるのだな」

「え？　普通だと思いますが……」

ジュリアにとっては息をするのと同じくらい自然なことだ。

自身も大勢の人に助けられ、支えられてどうにか日々を生きているのだから、他者を気遣うのは当たり前だった。他の人を押しのけてまでいい思いをしようなんて、考えたこともない。

「せっかく夜市を楽しみにしていた人を、私の都合でがっかりさせたくはありません」

「──強引に部屋を空けさせたわけではないので、大丈夫だ」

「でしたら、安心しました」

窓の外はまだ明るく、夜市の気配は感じられない。だが通りを行き交う人の姿が次第に増えている。これからもっと賑わうのだろう。

「あ……でも観光客が多いなら、私たちが人に見られる可能性が高くなりませんか？」

人が多いということは、それだけ人目もあるということだ。目撃者は減らすべきなのでは、とジュリアは口にした。

「ある程度人が多く、不特定多数の人間が行き交う場所なら、人ごみに紛れた方が見つけられにくい。人はコソコソと動くものほど注視しやすくなるものだ。逆に堂々と当たり前のように振る舞われると、『普段の光景』に埋没してしまうから記憶に残りにくくなる」

「そういうものですか……」

隠密行動をすることもあるらしい騎士に言われると、なるほどと納得した。すると、ここに到着するまで張っていた気が、僅かにホッと緩む。

「だから、この町を通過することにした」

「では町の規模が小さくなったり、閉鎖的な村ばかりになったりしたら、立ち寄らない方がいいということですね」

「その通り。貴女は呑み込みが早いな。私にただつき従うのではなく、自分の頭で理解しようとする点が、好ましい」

疲れているところに秀麗な美貌の男性に微笑まれ、若干目が眩《くら》んだ。朝日よりも眩《まぶ》しい。寝不足の瞳がシパシパする。

ジュリアは両目を細めつつ、被ったままだった帽子のつばを弄《いじ》った。

——この方の距離感、女に勘違いさせるわ……ご自分では何気なくおっしゃっているんでしょうけど、特別扱いされている気分になるっていうか、無駄にときめくというか……

とにかく危険だ。気を引き締めておかないと、初心《うぶ》な自分などコロッと堕《お》とされてしまいかねない。

火災現場から颯爽《さつそう》と助け出され守られているせいか、なおさら動悸《どうき》が治まらなくなりそうだ。自分など期間限定の護衛対象に過ぎないのに。

事件が解決すれば、おそらくジュリアと彼は二度と会うことがなくなる。

もともと身分的にも立場的にも、すれ違うことすらなかったはず。それが短くても濃密な時間を過ごし、心の境界線が曖昧になっているのかもしれない。

——もう、いくら経験が乏しくても、私ったら簡単すぎでしょう……

自戒しないと、現状を忘れそうになる。

これは楽しい旅行でも逢引《あいびき》でもないのに、浮かれた気分になりかけた。

——被害者がいて、オーナーやエレインさん、近隣住民ら大勢に迷惑をかけているんだから、今の私が考えるべきは事件解決に関することだけ……！　厳しく自分を律しないと！

改めて、ジュリアは決意と目的を胸に刻み、視線を伏せた。

「煤《すす》に塗《まみ》れたまま夜通し歩き続けたから疲れただろう。湯を貰ってこようか。それとも先に食事にするか？」

しかしこちらの内心の葛藤など忖度《そんたく》してもらえるわけもなく、リントヴェールが軽率に視界に割り込んできた。キラキラの美形が心臓に悪い。

「あ……」

正直に言えば、ジュリアはこのまま休ませてほしかった。

体力に自信はあったものの、いくら何でもほぼ徹夜で何時間も歩けるほどではない。

ジュリアの肉体は限界を訴えている。今なら泥のように眠れそうだ。

日々鍛え上げられた、筋骨隆々の騎士様と、お針子の町娘を同列に扱わないでほしい。

——ううん……リントヴェール様なりに私に気を遣ってくださったのはわかっているわ。途中からは荷物を全部持ってくださったものね……でも普通の女は、一晩中動き続けて、元気にモリモリ食べる気力はないの……身体の汚れは気になるけど、それさえどうでもいいほど疲れてしまったわ……

返事をするのも億劫《おっくう》ではあるが、彼の気遣いを無下にはできず、ジュリアは力を振り絞って上体を起こした。

「あの、リントヴェール様はお先にどうぞ。私は少し休憩してから……」

「——顔色が優れないな。体調が悪いのか」

「……！」

唐突に彼の手がジュリアの額に触れ、目にかかっていた前髪を横に流してくれた。

しかもそのまま指先がこめかみから頬へ滑り落ちる。

唇の端を妖しくなぞりかけ、離れるまで僅か数秒。

けれどとても長い時間に感じられた。

サファイアブルーの瞳に縫い留められ、ジュリアが瞬きも忘れていたからだ。

「あ、の……」

「熱はなさそうだな。しかし——そうか。……の女性は脆《もろ》いと忘れていた」

「え？」

呟かれた単語が聞き取れず、ジュリアは問い返した。

だが彼は答える気はないらしく、すっと身を起こす。

指先が離れてゆく。まるで初めから触った事実などなかったかのよう。

寂しい——と感じたのは、ジュリアが不安定になっていたからに違いない。

無意識に深く息を吸ったのは、あの甘い香りを欲したせいかもしれなかった。

「——少し出てくる。湯の手配をしておくので、私がいない間に使うといい。下の食堂にいるから、用があれば降りてきなさい」

「あ、ありがとうございます……」

「戻る際に貴女の分の食事を持ってこよう」

「そこまでしていただかなくても、大丈夫です。もう少し落ち着いたら、自分で——」

誉れ高き王室騎士団の、それも王太子の近衛を務める方に、そんな雑用はさせられない。

ジュリアは狼狽して立ち上がろうとした。だが、直前に軽く指で額を押され、膝に力が入らなくなる。

「あ、あれ？」

「人体は不思議だろう？　この程度のことでも思い通りに動かせなくなる。そして貴女は疲れすぎているようだ。私の気配りが足りなくて、申し訳なかった。ジュリアさんが文句一つ言わず、歩く速度を落とすこともなかったから、勝手に平気なのだと思ってしまった。許してほしい」

「そ、そんな……リントヴェール様が謝ることではありません……っ」

やはり彼は誠実な人だ。少々変わったところがあるだけで。

「ゆっくり休んでほしい。貴女の身は私が守る」

整いすぎた容姿を持つ男性に真摯に告げられ、キュンッとジュリアの胸が高鳴った。甘い匂いは鼻が慣れたのか感じなくなっているものの、相変わらず頭がぼうっとする。

——眼福……

今は気を緩めてはいけない時だと自覚していたが、ついつい乙女心は弾んでしまう。麗しい姿に見惚れている間に、リントヴェールは部屋を出て行った。

残されたのはジュリア一人。不意に押し寄せたのは、心許なさ。

彼が立ち去れば、束の間の夢見心地はあっという間に霧散する。ぞろりと不安が頭を擡げて、肌寒さを覚え身じろいだ。

現実問題、今自分が直面している事態は深刻で、呑気にときめいている暇はないのだ。

ジュリアは深々と嘆息し、粗末な客室内を見回した。

階下からは酔っ払いたちのけたたましい声がひっきりなしに聞こえる。

煩《うるさ》いけれど、こんな時は不思議とありがたい。きっと静寂であったなら、余計に色々考えてしまっただろう。

この先のこと。被害者のこと。自分がどうなってしまうのかについて――

「……お店、大丈夫かな……」

オーナーはしっかりとした人だから、賠償金でも保証金でもしっかりふんだくって、店を再建してほしい。人が無事であれば、道具はいずれ何とかなる。

それでも――あの店の象徴とも言うべき展示されたドレスや、オーナーが長年愛用していた道具、大事な顧客リストは二度と戻らない。

失われたものはどう嘆いたところで返らないのだ。

ジュリアはベッドに仰向けに横たわり、薄汚れた天井を見上げた。

犯人が恨めしい。目尻から涙が溢れる。

一日でも早くすべてが解決し、元の生活に戻れたら――そう願いながら、疲れ果てたジュリアの意識はウトウトと霞んでいった。

――ああ、このまま寝ちゃいけない……リントヴェール様がお湯の手配をしてくれると言っていたのに……でも駄目だ、眠い……

ちゃんと起きて待っていたい気持ちはあっても、ベッドに横たわったせいで気が緩み、睡魔が襲ってくる。

硬く狭いベッドでも、一度横になってしまえば全身から力が抜けた。布団は最強にして最凶である。

——ちょっとだけ……

ほんの短い時間ウトウトするだけと言い訳し、ジュリアは誘惑に屈した。

それからどれだけ時間が経ったのか。

どこかで——それも割と近くで、パシャンと水音がする。それに妙に足が温かい。足首から下がポカポカとした。

そういえば自分は靴も脱がずに眠ってしまったはずだが、いったいこれはどういうことだろう。

——石鹸《せっけん》の、匂い……？

水音が聞こえる度に、何かが肌を撫で回してゆく。不快感はなく、むしろサッパリとして気持ちがいい。汚れや疲労感が洗い流されてゆく気分だ。

——まるで湯あみをしているみたい……綺麗になって嬉しい……って、え？　待って？

夢現《ゆめうつつ》をさまよっていたジュリアは、重い瞼を伏せたまま、頭を猛烈に働かせた。

自分の記憶が確かなら、ここは職場の寮ではない。

現実とは到底思えない色々なことが立て続けに起こって、結果的に逃亡中のはず。

しかし今、己の感覚を信じるのなら、ジュリアは誰かに足を念入りに洗われていた。

——え？　え？　何がどうなったらそんな事態に陥るの……っ？

大きな掌が踵《かかと》や足指の間まで丁寧に石鹸を擦り込んでいる。時折ふくらはぎに圧をかけつつ撫で上げてくれるのが痛気持ちいい。だが、そんなことを言っている場合ではない。見なくても、感覚だけで何をされているのかわかるのだが、ジュリアは目を開ける勇気がとうていなかった。

どうやら自分はベッドの端に仰向けで転がっており、膝下がベッドから放り出されているらしい。

その足を、何者かがせっせと湯で洗っているのだ。

——な、何で？　新手の痴漢……っ？　まさか変態？

勝手に部屋に入ってきたなら、不法侵入だ。

それともリントヴェールが部屋を出て行く際に言っていた、『湯の手配』にはここまでのサービスが含まれていたのだろうか。

——いや、そんな馬鹿な。聞いたことがないわっ。お湯を持ってきてくれただけじゃなく、勝手に足を洗うなんて……！　あ、でも足裏を揉まれると、すごくゾクゾクする……っ

一晩中歩いて疲れ切ったジュリアの足裏は、絶妙な刺激に蕩けそうになった。

寝ている振りをしているのに、「ンッ」と息が漏れる。このままでは自分が目覚めたことを変態に悟られかねない。とにかく、現状を把握しなくては。

ジュリアが怖々瞼を押し上げると——

「えっ」

ベッドの脇に椅子を置き、そこに座って黙々と女の足を洗っているのは、目を疑うほどの美形だった。床には盥《たらい》に張られた湯。

「リ、リントヴェール様……っ？」

現在ジュリアの足は石鹸の泡をすべて洗い流され、彼の膝の上に置かれて、グリグリと指圧されていた。

その、あり得なさすぎる光景に、両目と口がポカンと開く。

「な、何をなさっているのですか……」

「起きたのか？　よく眠っていたから、その間に少しでも貴女の疲れを癒やそうと思って。明日も長い距離を歩いてもらわねばならない。それに今後は宿に泊まれないことも増えるだろう。今のうちに万全の態勢を整えなくては……湯を浴びる気力もないほど疲労困憊《ひろうこんぱい》させて申し訳なかった」

聞きたいのは、そういうことではない。

王室騎士団員、しかも王太子の近衛を務める偉い人に、しがないお針子の娘が自分はひっくり返ったまま足を洗わせるなんて、させていいことではなかった。

それが家族であっても許されるはずがない。

「や、やめてください、駄目です……！」

まして自分たちは知人にも満たないほぼ他人だ。どんな事情があれ、男性が女性の身体に勝手に触れるのはご法度。

——ま、まぁ危険回避や救命措置なら、その限りではないけど……って、今はそんなことどうでもいいじゃない。現実逃避していないでしっかりして、私の馬鹿っ！

「汚れたままでは気分が悪いだろう？　せめて足だけでも洗ってやろうと思った。他は触れていないので、安心してほしい」

どんな判断基準だ。足なら問題ないと何故思った。

安心なんてできるわけがないと飛び起きたジュリアは、言葉もなく愕然とした。

どうやらリントヴェールの中で、『膝下までなら勝手に触れても大丈夫』らしい。

全然大丈夫ではない。むしろ大問題だ。

どちらかといえば手の方が難易度は低いのではないかと思ったものの、それもジュリアの現実逃避でしかない。

どちらにしたって、意識がない女性の身体に許可なく触れただけで普通は犯罪である。

それに当然、洗うためには肌を晒さねばならないわけで——

「……っ！」

今ほど、男児用の短いズボンを穿いていてよかったと思ったことはなかった。

これがいつものスカートであれば、危うく下着が丸見えになってしまった可能性がある。

ああ助かったと安堵しかけ、ジュリアは大慌てで首を横に振った。

——違う、そういうことでもないわ……！

「あ、あの、こんなことをしていただくわけには参りません！」

仮に恋人や夫婦間であっても、男性が女性の足を洗ってやるなんて聞いたことがない。

——逆の場合はなきにしもあらずだけど……っ
どちらにしてもとても親密な行為だ。もしくは主従関係があってこそ成り立つ仕事。

ジュリアとリントヴェールの間で、起こるはずのない事態だった。

「何故？　心地よくはないか？　もっと強く揉んだ方がよかったのか？　しかし女性の身体は脆いから、あまり力強くすると……」

「そ、そうではなくて！　——んぁっ」

土踏まずの窪《くぼ》みをぎゅっと押され、ジュリアの口から変な声が漏れた。

呻《うめ》きと呼ぶには、甘さを含んだ音が掠れる。

その反応に気をよくしたのか、彼は笑みを深め指の関節で更に同じ場所を刺激してきた。

「やぁ……っ、それ、駄目です……」

「気持ちよさそうな声を出しているのに？　我慢しなくていい。ほら」

「ひ、ァんっ」

一纏めにしておいたジュリアの髪は、寝ている間に解かれていた。帽子は机の上に置かれている。

　これもおそらく、リントヴェールが気を遣ってしてくれたことなのだろう。だが異性の頭に触れるというのも、なかなか他人にはしない行為だ。

　——こ、この方……私と常識が違いすぎる……！

　とはいえ、結び目がないせいで思う存分髪を振り乱して身悶《みもだ》えることができた。

　丁度いい痛みと快感が拮抗《きっこう》する。

　がっちりと拘束されたジュリアの足は一向に回収できず、されるがまま揉み解された。

　いくら口では『やめてください』と訴えても、ゾクゾクとした愉悦はごまかしようがない。

　皮肉なことに、彼は尋常ではなくマッサージが上手かった。

「はぁ……っ、ぁ、あっ」

　絶妙な塩梅《あんばい》で凝りを解され、陶然とする。

　何故か卑猥《ひわい》な声が漏れ続け、瞳が潤みジュリアの顔も手足も真っ赤に染まった。

　端的に言って、妙にいやらしい。しかしそんな自覚は微塵もなく、ジュリアはベッドの上で身をくねらせた。

「や、ぁ……っ、ぁあっ」

　ジタバタ足掻《あが》く様子をじっとりとした眼差しで見つめられているとは露知らず、細く白い喉を晒して涙目になる。

痛いが、圧倒的に気持ちがいい。

癖になりそうな痛苦に、抵抗は次第に薄れていった。

「……ぁ、あんッ」

「……ああ、やはり貴女は私の――」

「ひゃぅ……っ」

一際いいところに指が入り、所謂《いわゆる》『ツボ』を捉えられた。

足裏だけでなく、全身に痺れが広がる。

ジュリアは「アあッ」と甲高く鳴き、四肢を引き攣らせた。

「も、もう……っ、自分でやりますからぁ……！」

甘い責め苦に白旗を揚《あ》げ、蕩けた顔で懇願した。するとリントヴェールの喉が、明らかにごくりと動く。どこか楽しそうな様子で、目尻を赤く染めていた。

「――そうか？　少しは楽になっているといいが。私は使った湯を捨ててくるから、またうたた寝をする前に、残りの湯で身体や髪を拭うといい。頃合いを見て、戻る」

「は、はい……」

やっと足を放してもらえ、ふしだらな拷問から解放された。

だがもう、ウトウト眠れる気はしない。

ジュリアの目はギンギンに覚めている。あまりにも興奮し、おかしな精神状態と言っても

過言ではなかった。

しかしそこは一応うら若き乙女。

彼の手が離れた瞬間、さっと足を引っ込めて掛布の中に隠した。

「動きが機敏になったな。効果があったようで、何よりだ」

「あ、ありがとうございます……」

満足げにほくそ笑む彼に、人として、してもらったことの礼は言う。けれどこんな破廉恥なことは、金輪際やめてほしい。

疲れが癒える癒えないの問題ではなく、もっと別の何か大切なものを失った気がした。

——男性と同室に宿泊するだけでなく、寝こけている間に生足を触られるなんて、一生の不覚よ。私の間抜け……！　しかもリントヴェール様には淫らな意図はなく、私だけが動揺している事実が何よりも恥ずかしい……！

よかれと思って彼は気を遣ってくれただけ。下心がないからこそ、ああも堂々としていられるのだ。それに引き換え自分ときたら。

ジュリアは大暴れする心臓を宥《なだ》めすかし、再び部屋を出て行った彼の背中を見送った。

のたうち回りたいほど羞恥でいっぱいになる。

この先、無事目的地に辿り着けるのか……別の意味で暗雲が垂れこめた気がした。

「うう……でもリントヴェール様の言う通り、今のうちに身体を拭いておこう……」

髪も濯《すす》がなくては、焦げ臭い。

こんな小汚い状態で彼といただけでなく、足を洗わせたのだと改めて気がつき、ジュリアは真顔になった。

女として終わっている。

無防備に寝こけ、涎《よだれ》を垂らしていなかったことだけが救いだ。あまりにも最悪すぎて、もはや心が麻痺してしまった。深く考えたら、負け。立ち直れる予感がしない。

「い、生きていれば、大抵のことは何とかなるわっ」

とでも思わなければやっていられない。

ジュリアは冷め始めた湯を使い、手巾で全身を清め、鞄の中から取り出した別の服に着替えた。

ふと部屋の片隅に目をやると、一人分の食事が置かれている。おそらくそれも、リントヴエールが持ってきてくれたものだろう。

何から何まで、ありがたいが居た堪れない。

いっそ自分が本当に年端の行かない男児であれば、何の躊躇いもなく『ありがとうございます』と言えるのかもしれない。

しかし残念ながらジュリアは女性。それも花の十八歳だ。

この状況を受け入れるには、微妙なお年頃だった。

――ああああっ、殺人者に止《とど》めを刺される前に、私の心臓が限界を迎えそう……！

濯いだ髪をほぼ乾かしても、リントヴェールはまだ戻ってこない。

仕方なくジュリアは、置かれていた食事をモソモソと食べた。

パンに肉と野菜を挟んだ、簡素なものだ。しかし昨夜の晩以来何も食べていなかったので、流石に空腹だったこともあり美味《おい》しく感じた。

「……うちの田舎や王都とはちょっと味つけが違うのね……」

煮詰めた果物がソースに使われているらしく、甘さと酸味が口いっぱいに広がる。これまで口にしたことのない味に、ジュリアはたちまち夢中になった。

パンは薄焼きでもっちりしているため、食感が面白い。

何だか少しだけ、旅行に来ている気分になれた。

――これまで観光なんて、しようと思ったこともなかったなぁ……いつか落ち着いたら改めて、この町に来られたらいいな……エレインさんを誘って……

うたた寝していた間に、時刻はとっくに正午を回っていた。

いつものジュリアなら、午後の休憩時間だ。失われた日常を思い、陰鬱な気分になる。

――駄目駄目、暗くなるよりも鋭気を養わなきゃ！　それに食事は美味しく食べるのが、作ってくれた人への礼儀でしょ！

最後の一口を味わって、添えられていたスープも完食する。

満腹になったジュリアがリントヴェールもきちんと食べたのだろうかと案じていると、そこへ丁度彼が帰ってきた。

「失礼する」

礼儀正しくノックをし、ジュリアの許可を得てから扉は開かれた。

やはり先ほどの足洗い事件を引《ひ》き摺《ず》っているのは、ジュリアだけらしい。向こうには欠片も気にした素振りは見受けられなかった。

一脚しかない椅子からジュリアが立ち上がると、彼は仕草だけで座るよう促してくる。

そして自分はベッドの上に腰を下ろした。

「あ、あの、色々ありがとうございます。……食事、美味しかったです」

「それはよかった。足りなければ、他にも用意させるが？」

「いいえ、もう充分です……！」

逆に多いくらいだった。もともとさほど大食いの質ではない。

平均よりも小柄なジュリアは、小食なのである。

「食べられる時に栄養は摂取した方がいい。他に食べたいものがあれば、遠慮なく言ってくれ」

「え、特にありません」

心も身体もお疲れ気味な今、そんなにモリモリ食べられる頑健な内臓は持っていない。

それに、逃亡中の身で我儘《わがまま》を言うつもりもなかった。

ジュリアはごく当たり前に『気を遣わないでほしい』という意味で首を横に振ったのだが、それは彼の望む答えではなかったらしい。

明らかにリントヴェールは落胆した様子で眉間の皺を深めた。

——あ、あれ？　私、何か間違ったかな……？

彼には危うく焼け死ぬところを命懸けで助けられ、こうして安全な場所まで導いてもらっている。それだけでいくら感謝しても足りない。これ以上余計な面倒をかけたくなかっただけなのだが——

「……何か、あるだろう。甘いものとか。食べ物以外の希望でもいい」

「いえ、別に……」

まるで世話を焼かせろと言われていると感じるのは勘違いだろうか。

——面倒見がいい人なのかな……？

誰かのために行動するのが生き甲斐《いがい》だという奇特な人もいる。ひょっとしたらリントヴェールはそういう種類の人間なのかもしれない。

ジュリアは「何かあるだろう」と繰り返す彼を、驚きと共に見返した。

——変わっているし、面白い人……何だか出会ってからずっと驚かされっ放しかもしれないな……

正直疲れることもあるが、嫌ではない。憎めない、というのが一番近い感想。次はどんな驚きを提供してくれるのか、楽しみにしているジュリアもいた。

リントヴェールの傍は、居心地がいい。戸惑うことも多いけれど、それ以上に妙な安らぎもあった。それは今まで知らなかった感覚だ。

「──あの……それより、この後の予定を具体的に聞いてもいいですか？」

ひとまず不可思議な感情からは目を逸らし、気になっていることを質問する。この先どうするのかを知っておかなければ、不安で仕方ない。

「勿論。ろくに説明をせず連れ回してしまったから、貴女も気が気でなかっただろう」

目的地は王太子の別邸だと聞いたものの、それがどこにあるのかすらジュリアは知らなかった。

「ここからに南に向かい、山を越えた先に殿下の所有する館がある。公にはされていない場所なので、知っている者は少ない。──逆に言えば、もしもそこにも追手が来れば、容疑者はかなり絞られるということだ。念のため通常の道のりではなく大きく迂回《うかい》して進むことにする。道中は厳しいものになると思ってくれ。おそらく十日もあれば到着できるが──半分は野宿を覚悟してほしい」

「野宿……」

そんな経験をしたことがないジュリアは、絶句した。

それなりに大変だろうなとは思っていたものの、まさか山越えとは。

しかもリントヴェールの言い方から考えて、道なき道を進む可能性が高かった。

「途中に、大きな町があれば寄る。あと三日は宿に泊まることができると思うから、安心してほしい」

ではその後は？　十日のうち三日しか宿に泊まれないのか。

余計不安になった、とは流石に言いにくい。

彼なりにジュリアを励まし元気づけようとしてくれているのは伝わってきたからだ。

――きっと私という足手纏いがいなければ、もっと日数を短縮できるんだろうな……

微塵も疲労を滲ませていないリントヴェールを見れば、一目瞭然である。

本当なら、今こうして休憩を挟むのも不本意なのではと勘繰ってしまった。そして残念なことに、ジュリアの勘は当たっている気がする。

「今日は早めに休んでくれ。明日、夜明け前には出発したい」

「わかりました……」

外はようやく夕刻。日が傾き、柔らかな茜色《あかねいろ》に染まり始めていた。

――生まれて初めて男性と同じ部屋で寝泊まりすることを、恥ずかしがっている場合じゃなくなってきたわ……

十日後、果たしてジュリアが五体満足で安全を確保できているのか――それは神のみぞ知る、だ。先の見えない恐ろしさに、心がズンと重くなった。

「……必ず、私が貴女を守り、無事殿下のもとへ送り届けてみせる」

その時、不安に強張るジュリアの横顔へ、抑揚の乏しい声がかけられた。

「リントヴェール様……」

暖色の光に照らされた室内で、銀髪に深い青の瞳を持つ秀麗な美貌の男にじっと見つめられた。その真摯な眼差しに、ジュリアの心臓が大きく脈打つ。

「はい……よろしくお願いいたします……」

それがたとえ証言を得るためだとしても、胸が高鳴るのを止められない。

他に信じられる人は、誰もいない。

もしかしたら今頃、ジュリアはあの火災に巻き込まれ死んだと思われているかもしれない。ならば自分が生きていることを知ってくれているのは、世界にリントヴェールだけなのだ。

そう思うと、言葉にできない感慨が湧いた。

見つめ合ったのは僅か数秒。

だがその刹那の時間で、さざ波が立っていたジュリアの心は不思議と凪いでいた。

——少し眠って、空腹が満たされたせいかな？

人間の三大欲求のうち、二つ満足したから平静を取り戻せたのかもしれない。単純な話である。

ジュリアは自分の現金さに、苦笑してしまった。

「――やっと笑ってくれた」

「……え？」

どこかホッとした表情で、リントヴェールが眉尻を下げた。

基本的に表情があまり変わらない彼が見せる珍しい顔に、ジュリアは数度瞬いた。

しばらく考え――どうやら心配されていたのだと悟る。

「こんなことになって平常心ではいられないと思うが、貴女は弱さをあまり見せないから、案じていた」

「そ、そんな……火災から助けてくださった時は、みっともないくらいぼろ泣きだったと思いますけど……」

「むしろあれくらいで気持ちを整理し、立て直せる逞《たくま》しさに感嘆した」

褒められて……いるのだろうか。

一歩間違えれば、可愛げがないと言われている気もする。

どちらの意味か判じかね、ジュリアが視線を泳がせると、立ち上がったリントヴェールが一歩こちらに近づいてきた。

「……本当に、希望は何もないのか」

「え、はい。特にありません。少し夜市を見てみたいなとは思いますが……」

「では行こう」

「はい？　え？」

こんな時に呑気に観光なんてできるわけがない。だからジュリアも言ってみただけの感覚だったのだが、彼は大きく頷いた。

「じっくり町の端から端までとはいかなくても、宿の周囲を回るくらいなら問題ない。この大通りには、沢山の夜店が並ぶ。照明器具はランタンと呼ばれるもので、土産《みやげ》に買って帰る者も多い。多少見物するくらいなら、明日に影響はない」

「で、でも万が一追手に見つかったら……」

「さっき言ったように、不特定多数の人間が入り乱れた場所では、人ごみに紛れる方がいい。むしろ宿に籠もっている方が不自然だ。それにこんなに早く敵が追いつくとは思えない。しかも今の貴女はどこから見ても少年じゃないか。不安材料は乏しいのでは？　――もっとも、貴女に体力が残っていれば、だが」

外を出歩いても大丈夫な理由を並べられ、ジュリアの心が揺れた。

正直、夜市にはとても惹《ひ》かれる。

娯楽の少ない暮らしをしてきたジュリアに、リントヴェールの言葉は非常に魅力的だった。

実際、いずれまたこの町を訪れたいと願っても、この機会を逃せばいつになるか想像もできない。日々の生活に追われ、先延ばしになって諦めてしまうのは目に見えていた。

「でも……リントヴェール様に余計な面倒をかけてしまうのでは……」

「間もなく日が沈む。ランタンの明かりだけでは、人を探すなんて到底無理だ。もし追手がいたとしても、今夜は諦めるだろう」

「わ、私……」

行きたい気持ちが高まって、躊躇う言葉は出てこなかった。

軽はずみな行動をすべきではないことは重々承知している。今のジュリアはどう考えても大人しくしている方がいい。

出歩くとなれば当然危険が増すし、不要な手間を彼にかけさせてはいけない。――そう頭では理解していた。

けれどこちらに向かって伸ばされた手は、あまりにも魅惑的だ。

麗しい美青年――しかも命の恩人に優しげに微笑まれ、これ以上固辞できるわけがなかった。

「よ、よろしく、お願いします……っ」

誘惑に負けた。責めるなら責めてくれ。

諸手を挙げて降参したジュリアは、どこか嬉しそうな彼と共に部屋を後にした。

間もなく太陽は完全に沈み、月が夜を照らす。

だがそれよりも明るいランタンが、町中に飾られていた。

「わぁ……」

東方の照明器具は異国情緒たっぷりで、華やかでありながら上品だ。

丸いものから四角いもの、ひし形まで色々ある。中には花を象った意匠を凝らした形もあった。赤に黄色、青に緑。幻想的な光の乱舞。

建物の軒先や、通りの上に張られた紐からも数えきれないほど吊り下げられている。

形も大きさも千差万別。棒の先に吊るされた形状の物もあり、それを持って歩いている人々もいた。

「綺麗です……こんなの、見たことがありません……」

「気に入ったか？」

「はい、勿論です！」

大勢の観光客らも、瞳を輝かせながらランタンの美しさに見入っていた。

川を挟んで大きな通りが走っているため、水面に色とりどりの明かりが映っている。更に水上にもランタンが流されて、息を呑むほど美しい。

そこにあちこちの屋台から食べ物の匂いが漂ってくる。

ジュリアは先ほど空腹を満たしたばかりなのに、嗅いだことのないいい香りに食欲を刺激された。

「リントヴェール様、あれは何でしょう？」

「おや、貴女は食い気の方が勝ったのかな？」

串に刺さった焼いた肉らしきものが気になって彼の腕を引くと、リントヴェールが悪戯《いたずら》めいた表情で瞳を眇《すが》めた。

笑いを堪えるように言われ、ジュリアは慌てて首を横に振る。

「え、いいえ、食べたいとかではなくて……！　牛や豚とも違うようなのでいったい何かなと思っただけです！」

「あれは魚だ。王都ではあまり魚介類は食べないから、見たことがないのも仕方がないな」

「魚……へぇ、では随分大きなものなんですか？」

ジュリアが驚きに目を見開けば、リントヴェールが両腕を大きく横に広げた。

「最大で、このくらいに成長すると聞いた。この川で取れる巨大魚だ。傷みが早くほとんど流通はしないそうだが、自分の身体よりも小さなものは何でも丸呑みにするらしい」

「えっ、す、すごい……」

世の中にはまだまだ知らないことが山ほどある。

ジュリアは双眸を煌めかせ、屋台を覗き込んだ。

「隣の町なのに、私は全然知識がありませんでした……」

「食べてみるか？」

「あ、いいえ……――あの、リントヴェール様っ？」

いらないと言ったつもりなのに、ジュリアの傍らで彼は屋台の店主にさっさと注文し、支払いをしてしまった。

「ほら、熱いから気をつけて。――それと、敬語は禁止だ。ジュリオ」

「……！」

串を渡される際に彼がジュリアの耳元で囁《ささや》いてきて、昨日決めた『設定』をようやく思い出した。

「あ、ありがとうございま……いや、あ、ありがとう……？」

そういえば、自分たちは兄弟の振りをしており、ジュリアは『ジュリオ』という男性名で呼ばれることになっていたのだ。

これまで人前でリントヴェールと会話する機会がなかったので、すっかり忘れていた。

とはいえ、いきなり砕けた話し方をするのは難しい。

それに、まるではしゃいだ子どもが食べ物を強請《ねだ》ったみたいで気恥ずかしかった。

心なしか店主の顔も『お兄ちゃんに買ってもらえてよかったね、坊や』と言っている気がする。被害妄想だが。

「えっと、その……い、いくら？」

「ジュリオ、お兄ちゃんが弟に買ってやるのに、代金を請求するわけがないだろう」

気のせいだろうか。ご満悦のリントヴェールの言葉は、『お兄ちゃん』の単語に妙な気合が入っている心地がした。

――もしかして、呼ばれたいのかな……いやいや、ないでしょ。

彼に『お兄ちゃん』呼びは似合わない。ジュリアの心理的にも無理だ。

ジュリアは曖昧に笑い、「いただきます」と言ってから魚の切り身に食いついた。

見た目から淡泊な味かと思っていたが、脂がのっていて口内で甘く蕩ける。

適度に塩が振られており、絶妙な味つけになっていた。素材の味が生きていて、香草の香りが鼻に抜ける。端的に言って、文句のない美味しさだった。

「……！　魚って、こんな味なんだ……！」

生臭いと聞いていたので、とても意外だ。肉とはまた違う味わいで、しつこさがない。

ジュリアは大いに気に入って、二口三口と立て続けに口にした。

「熱……っ」

夢中で頬張ったため、口内を少々火傷《やけど》したかもしれない。

しかしこの串焼きは熱々でこそ美味しい気がする。

ジュリアがふぅふぅと懸命に息を吹きかけ冷ましていると、リントヴェールが口の端を拭ってくれた。

「そんなに慌てて食べなくても、取らない。何なら、もう一本買ってもいい」

「え、いや……えっ」

美味しいものにがっついたところを見られたのも恥ずかしいが、ジュリアの唇にくっついていた魚の切れ端を彼がそっと取ってくれたことも居た堪れない。

いや、そこまでならまだ『きゃっ』と可愛く照れるだけで済ませられたかもしれない。

だがその切れ端を摘《つま》んだリントヴェールの指先が、彼の口に運ばれた時点で、ジュリアは完全に硬直した。

「……な、な、何を……っ？」

「——ああ、確かにこれはいい味だ。塩加減が絶妙だな」

もはや味などわからない。ジュリアの頭の奥で、ボンッと弾ける音がした。

「た、食べるのなら、どうぞ……っ、私の食べかけですけど……！」

自分の歯型がバッチリついているものの、それでも口の端にくっついていた欠片を摘み食いされるよりは遥《はる》かにマシである。

そんな行為、友人でもない相手と普通はしない。それこそ親子や夫婦でなければ、同じ食べ物を分け合うことさえ珍しいのではないか。

ジュリアは串焼きをリントヴェールに突き出し、真っ赤になった顔を俯けた。

——この方、やっぱり距離感がおかしい……！

「では遠慮なく」

「……ぁ」

串を持ったジュリアの手ごと大きな掌に摑まれ、心臓が大きく脈打った。目の前で、彼が大きく口を開く。美形はそれでも絵になるから不思議だ。

形のいい唇に、赤い舌。白い歯が妙に艶《なま》めかしくジュリアの視線を釘づけにする。

不意に、眼差しが絡み合った。

瞬きすることもなく、リントヴェールがじっとこちらを見つめてくる。そのまま彼は串焼きに歯を立てた。

——た、食べているだけでどうしてこんなにいやらしく感じるの……っ？

咀嚼する度に動く顎が、形容しがたい艶を帯びる。

その間一度も、リントヴェールの視線がジュリアから逸れないせいなのか。

言葉もなく互いに凝視し合ったまま数秒間。

ジュリアが詰めていた息を吐き出せたのは、彼が官能的に喉仏を上下させた後だった。

「——とても、美味しい」

魅入られたように固まっていたジュリアの手には、魚の串が握られたまま。

思えば、リントヴェールは串を受け取ることなくジュリアが持ったままの状態で齧《かじ》りついてきたのだ。それも、ジュリアが食べたところと同じ場所を、あえて上から口をつけて——

——ぎゃ、逆側から齧ればいいのに……っ！

きっと彼に他意はない。おそらく本気で弟と戯れている程度の気持ちなのだ。

ひょっとしたら仲のいい兄弟に憧れを抱いているのかもしれない。だから執拗に『お兄ちゃん』と呼ばれたがっているのかも――とジュリアの中で、今は優先順位が低い思考が猛烈に回転する。

完璧な現実逃避である。そうでもしなければ、頭が爆発しそうなほどのぼせ上がっていた。

「あ、あ、じゃあ残りもどうぞ、食べてください……！」

「食べて『ください』？」

リントヴェールの瞳が『違うだろう？』と雄弁に語っている。本物の兄弟ならこんな堅苦しい喋り方は確かにしない。だが同時に、まるでいちゃつくような真似《まね》もしないのではないか。

「た、食べて……」

促されるままジュリアが声を絞り出せば、彼が当然の如く口を開いた。

しかし齧るつもりも、串を受け取る気もないらしい。

つまり、食べさせろと無言の要求をされているのだと悟った。

「え……っ？」

少なくともジュリアの周りにいた兄弟たちは、美味しい食べ物を奪い合うことはしても、口の端にくっつけた欠片を平気で口にしたり、一つのものを食べさせ合ったりしていなかったと思う。

——わ、私が知らないだけで、世の男兄弟はそんなに仲がいいの……っ？　ええ、違うよね？

姉妹ですら大人になって『あーん』はあまりしない気がする。

——揶揄《からか》われているのかな……？　私……

ジュリアがどうすればいいのかわからず戸惑っていると、リントヴェールが小首を傾げる。目深に被ったフードから銀の髪が覗き、胸が高鳴ったのは秘密だ。

——くぅ……っ、何をしても様になるって、羨ましい……！

それにこのままじっとしていても、埒《らち》が明かない。そう言い訳し、ジュリアはおずおずと串焼きを彼の口元に差し出した。

「……はい」

「——ありがとう、ジュリオ」

笑顔になったリントヴェールが、ぱくりと魚を齧る。

相変わらず、ジュリアが食べたのと同じ場所を。

見ているだけで気恥ずかしくて堪らず、ジュリアは咄嗟に視線を泳がせた。

「ジュリオも、ほら。食べなさい。残りは全部、君にあげる」

「え……でも」

もう三分の一も残っていないが、どこを食べてもリントヴェールの『食べかけ』であることは間違いない。

――自分が齧ったのと同じ箇所を食べられるのも恥ずかしかったけど、リントヴェール様が口をつけた部分を私自ら食べるのは、もっと……！

とてもじゃないが、何も考えず『いただきます』と言う勇気はなかった。

だがこのまま完食せずに捨てるなんてもっての外だ。勿体《もったい》ない。そんなことはジュリアの選択肢に初めからなかった。

「えっと……その」

「冷めてしまうよ？」

優しく、けれど抗えない強制力で促され、ジュリアは何度も串焼きと彼の間で視線を往復させた。

串を持つ手がプルプル震える。

意を決して口を開けるまでにかかった時間は、おそらく長いものではない。

ほんの数秒の逡巡《しゅんじゅん》。しかし色々な思考が忙しく駆け巡っていった。

「……あぐ」

残りを一口で頬張ったのは、勢いをつけて羞恥をごまかすためだ。そうでもしなければ、いつまでもジュリアは躊躇ったままだっただろう。

「……そんなに頬を膨らませて、小動物みたいだな」

一所懸命咀嚼するジュリアの耳に、甘く掠れたリントヴェールの声は届かなかった。

早く魚を呑み込もうと必死になるあまり、周囲の物音が耳に入らない。

だから、自分をじっと見下ろしてくる熱の籠もった視線にも、ジュリアが気づくことはまったくなかった。

青い瞳が妖しく細められる。

そして作り物のように整った形の口角が、歪《いびつ》に吊り上がったのを目撃した者も、いなかった。

「ご、ごちそうさま」

「他の屋台やランタンも見て回るか？」

「え、いいえ。もう充分ですっ、雰囲気は堪能できたし……！」

「言葉遣いがおかしいな、ジュリオ？」

もはや脅迫だ。丁寧で上品な恫喝《どうかつ》である。

「だ、だって……」

「どうせなら、もう一本向こうの通りも見ていこうか。ああ、特産品の菓子も売っている」

「も、もう充分だから……お兄ちゃん、帰ろうっ？」

涙目になったジュリアは、串を握り締めて懇願した。

これ以上連れ回されたら、生命力が持たない。色んな意味で。

先ほどから動悸息切れが止まらず、息も絶え絶えになりつつあるのだ。

――無理。本当に無理。何だか変になってしまいそう……！

けれどジュリアの『お兄ちゃん』呼びにいたく満足したらしい彼は、ジュリアの手から食べ終わった串を上機嫌で引き抜いた。

「ジュリオが帰りたいなら仕方ないな……これは私が捨てておこう」

「え、自分で……」

「お兄ちゃんに任せるといい」

ニッコリとした笑顔で威圧され、ジュリアは口を噤んだ。

余計なことは言うまい。その方がいいと本能が叫んでいる。

「……リントヴェール様は、そんなに弟が欲しかったのですか？　それとも本当に弟さんがいて、溺愛しているとか？」

「いや、別に？」

モソモソと聞こえるか聞こえないかぎりぎりの声量で呟けば、彼にはしっかりジュリアの声が届いていたらしい。地獄耳だ。油断ならない。

「私に兄弟はいない。それどころか、生まれた島には同年代の子どももいなかったな。ああ……そういう意味では、憧れがあるのかもしれない」

今初めて思い至ったという風情で、リントヴェールは呟いた。

どうやら彼は随分寂しい幼少期を過ごしたらしい。同年代の子どももいない島とは、離島だろうか。いわゆる限界集落かもしれない。どちらにしても友達もいなかったということになる。

ジュリアは同情すると共に、彼の距離感が危うい理由に得心がいった。

——だから異性に対しても対応がおかしくて、私を戸惑わせるのね……なるほど……

種明かしされれば同情心がむくむくと湧いてきた。

きっとリントヴェールは下手に他者よりも優れている上身分的なこともあり、大人になってからも普通の友人を作るのが困難だったに違いない。

それでちょいちょい言動が珍妙に見えるのだ。

おそらく、指摘してくれる相手もいなかったのではないか。

——可哀想《かわいそう》。こんなにすべてを兼ね備えた人でも、欠落したものがあったりするんだ……

「ジュリオ、どうして私を泣きそうな顔で見るんだ？」

「えっ、や、すみません」

憐《あわ》れむあまり涙目になっていた。

——いけない。リントヴェール様のような高貴な方に、私みたいなド庶民の同情なんて、迷惑なだけよね……！

「失礼しました。目にゴミが入っただけです。——部屋に戻りましょう、リントヴェール様」

「それは大変だ。見せてみなさい」

「いや、もう取れました！」

生真面目な彼には、ちょっとした嘘も上手く通じない。

ジュリアはやや強引に彼の手を引き、宿泊している部屋に帰った。

束の間の観光は楽しかったけれど、何だかどっと疲れ、身体が岩のように重い。

——おかしいな……生気を根こそぎ奪われた気分だわ……

時刻はまだ早いが、これはもうベッドに入って休んだ方がいいかもしれない。明日もたっぷり歩くなら、今日の疲れは残さないよう気をつけなければ。

「——それにしても、男の方って人前で触れ合うのは苦手だと思っていました」

妙な空気になったのを変えたくて、ジュリアは殊更明るい声を出した。

リントヴェールが串焼きを食べる際、握られた手がまだ熱い。

ジュリアの生まれ育った田舎は保守的なせいか、他人の目があるところで男女があからさまに仲良くすることをよしとしていなかった。

両親だって仲睦《むつ》まじくはあったけれど、子どもの前で必要以上にべたべたしているのは見たことがない。

おそらく恥ずかしがり屋な人が多いのだろう。

王都では違うのかもしれないが、特定の人との交流しかないジュリアにはわからないことだった。

「兄弟としての戯れだとしても……リントヴェール様が妖しい雰囲気を出すので、私も動揺しちゃいました」

あれは特にどうということのないやり取りで、狼狽する必要はないのだと——自分が照れていた事実をごまかしたかったのもある。

そこで強がりも含め『まったく気にしていませんよ』と伝えたかっただけなのだが。

「——いったい貴女は誰と私を比べているんだ？」

ジュリアが軽口を叩きながら帽子を取って寛《くつろ》ごうとすると、いきなり彼がずいっと近づいてきた。

「あ、あの……？」

近い。

見上げる大柄な体軀には、威圧感がある。しかも真顔。怖い。

ジュリアはひっそりと息を呑んだ。

「比べる……？」

「人前で触れ合うのが苦手な男とは、誰のことを言っている？」

ただの一般論に食いつかれ、ジュリアは啞然とした。

気分は『気になるのは、そこ？』である。

しかも彼はどうやら気分を害しているらしい。その原因はサッパリわからないけれども。

だがジュリアの動揺に気がついたのか、リントヴェールは一呼吸して剣呑な瞳を瞬いた。

「……一つ伝え忘れていたことを思い出した。流石に貴女の家族にまで危害は加えられないと思うが、陰から警護するよう伝えてあるから安心していい」

「あ……そんなことまで気にしてくださったんですか？　ありがとうございます」

言われて初めて、その可能性に気がつき、ジュリアは身を震わせた。

確かに、犯人はジュリアが誰かに何か伝言したと怪しむかもしれない。そうでなくても、もしも生きていれば家族を頼る可能性は充分考えられた。

つまり田舎の両親たちのもとに、何かよからぬ意図をもって近づく輩がいてもおかしくないのだ。

「私、そこでまで考えが及びませんでした……」

「普通の娘がそんなことを思いつかないのは当たり前だ。同じ理由で貴女の同僚らにも、しばらく護衛がつく」

「至れり尽くせりですね……」

「もともとこちらから証言を頼んだのだから、これくらいは当然だ。気に病む必要はない。それよりも――他に安否が気にかかる者はいるか？　――……たとえば、恋人、とか」

それまで淡々と話していたリントヴェールが急に言い淀《よど》み、ジュリアはやや違和感を覚えた。

しかし彼の表情を見ると、これといって特別な変化はない。

生真面目な美形がまっすぐこちらを見つめてくるだけだ。

その視線が少々……いやかなり鋭くはあったけれど。

――いったい急にどうしたの……あれ？　それにリントヴェール様ったら、さっきの串、まだ捨てていないの？

彼の手に握られたままになっている串に何となく視線を落とし、ジュリアは気まずさから意識を逸らすため髪を解いた。

本音は、疲れたからもう横になりたいんだけどな、である。

彼は何故突然不機嫌になったのだろう。

「恋人はいません」

田舎から王都に出てきて、遊んでいる余裕なんてなかった。地元では異性交遊などもっての外だったのでなおさら縁はない。

故にこんな質問をされたのも、ジュリアには合点がいかなかった。

「……つき合っていなかったとしても、好いている相手は？」

まるで尋問だ。美形が無表情になると、迫力がある。

――え？　私は何を問い詰められているの？　しかも何故こんな話題になったんだっけ？

夜市から戻るなり、いったいぜんたい何なのだ。

ずいっともう一歩距離を縮められ、行き場をなくしたジュリアは背後にあった椅子に腰を下ろした。というか、腰が抜けたと言った方が正確かもしれない。

ゴゴゴ……と立ち上るリントヴェールの威圧感に膝が笑い、立っているのが困難になったせいだ。

彼の身体と机の間に挟まる状態に追い込まれ、先刻まで漂っていた甘酸っぱい空気など微塵もない。

まるで豹変《ひょうへん》したかのようなリントヴェールの様子にパチクリと瞬きを繰り返した。

「ど、どうしたのですか？」

「……貴女は要求されれば誰とでも一つの食べ物を分け合うのか？　よく考えたら、急に不愉快になってきた」

「ええ？」

とんだ言いがかりだ。あれは彼が強制したも同然なのに。

ジュリアが啞然としているうちに、リントヴェールの表情が険しさを増した。

完全に逃げ道を塞がれている。こちらが少し身体を右に傾けると、同時に彼もそちらに身を寄せた。

——もしやリントヴェール様、情緒不安定なの……？　鍛え上げられた肉体に宿る不健全な精神……え、怖い。さっきまであんなにご機嫌だったのに……！

理不尽だ。まさか幼少期に友人がいなかった弊害がここにも出ているのか。

「リントヴェール様、それ今重要なことですか？」

「重要に決まっている。貴女はついさっき私とあれをしておいて——いや、それはひとまず置いておくとしても、答えなさい。特別懇意にしている相手がいるのかどうか」

身を屈《かが》めた彼が、整いすぎた顔を寄せてきた。

「あ、あれって何です？」

迫力がものすごい。尋常ではない。

言葉は静かで物腰も穏やかなのに、放たれる空気はもはや殺気である。室内の温度も急に冷え冷えとしたものへ変わった。

生き物が何もいない雪が吹きすさぶ真冬の光景が見える。ちなみに雪山や雪原なんて、ジュリアは行ったこともないのだが。

「そんなことよりも、私の質問に答えなさい」

「な、何故そんなことをお聞きになるんですか」

「警護の問題がある。だから素直に答えなさい。好きな男がいるのか、いないのか」

この場合、ジュリアと交際している相手がいるなら、刺客に狙われる可能性は否めない。

しかし心のうちで想っているだけなら、その限りではないだろう。

――しかも質問が『懇意にしている相手』から『好きな男』に変わっているし……っ、それって、微妙に似て非なるものじゃない……？

どちらにしてもそんな相手はいないのだが、きっぱり『いません』と答えるのも躊躇われた。何故なら自ら『モテない寂しい女です』と主張しているみたいではないか。事実、そうなのが、また悲しい。

なけなしの矜持が、ジュリアに返事をさせるのを食い止めた。

「そ、そこまでお答えする必要がありますか？」

「あるから聞いている。場合によっては――色々手を回さなければならない」

「色々って何ですか」

「……それは貴女が知る必要のないことだ」

僅かにあった奇妙な間は何だ。嫌な予感がする。

不穏な空気を感じ取って、ジュリアは咄嗟に黙った。

けれどその沈黙が、リントヴェールの双眸をより仄暗いものに変える。

「……ひっ？」

青い瞳の奥で、縦長の瞳孔が開いた。さながら爬虫類《はちゅうるい》が獲物を捕らえる際の獰猛《どうもう》さに似ている。

反射的にジュリアが肩を強張らせると、彼の手が椅子の背もたれに置かれた。

「……いるのか？」

まるで浮気を疑われ問い詰められる悪女になった気分だ。

一瞬、『私たちおつき合いしていましたか？』などと馬鹿げた妄想に意識が飛びかける。

が、ジュリアに勿論そんな過去も記憶もない。

リントヴェールとは昨日出会ったばかり。色々濃い経験はあったものの、他人であることに間違いはなかった。

――何これ？　リントヴェール様の勢いと圧がすごすぎて、私の方が間違っている気がしてきたけれど、答える義務はないよね？　でも……

「――いるんだな？」

「い、い、いません！　生まれてこのかた、恋愛なんてしたこともありません！」

これ以上口を閉ざすのは不可能だった。

沈黙を選んでも、ジュリアの未来に待ち受けるのは無残な死――そんな幻覚が垣間見えたからだ。

――なけなしの矜持より、命の方が大切だわ……！

どうして彼がジュリアの交友関係を謎の熱量で気にするのかは不明だが、素直に答えた方が得策だと判断した。

どうせいくら返事を引き延ばして加工したところで、特別な相手などいないものはいないのだ。虚《むな》しい。

「まして恋人なんて、一度もいた例がありません！」

恥を忍んで叫ぶと、それまでジュリアを押し潰さんばかりだった圧が綺麗さっぱり消え失せた。室温も平常に戻った気がする。

あくまでも、すべて最初から気のせいでしかないものとはいえ、急に呼吸が楽になった。

「——……それなら、よかった。余計な手間が省ける」

——警護に人員を割かずに済むということだよね……？

形のいい唇を綻ばせたリントヴェールの微笑は、完璧な美しさを備えている。しかし、どこか有無を言わせぬ迫力があった。

ジュリアは本能的に、これ以上余計なことを言うまいと誓う。

沈黙は金。黙るが勝ちだ。

「……ご面倒をおかけします……」

「面倒ではない。私のすべきことをしているだけだ。では明日のためにもしっかり身体を休めてくれ」

寝るにはまだ時間が早すぎる。

それに睡魔はどこへやら。先刻まで感じていた眠気は綺麗さっぱり消えている。気が昂《たかぶ》って、ジュリアはどうにも安眠が訪れるとは思えなかった。

だが彼の醸し出す妙な空気に威圧され、大人しくベッドに入る。

――逆らわない方がいい気がする。仮にも、私は守ってもらっているのだし、リントヴェール様の指示に従わなければ駄目よね……うん、そうだ。考えるのはやめよう。

などと強引に己を納得させ、目を閉じた。

「お、おやすみなさいませ……」

「ああ、おやすみ」

壁側を向いて横臥《おうが》したため、背中に彼の視線を感じる。

逸らされることのない眼差しは、焦げてしまいそうなほど熱い。

――き、気のせいかな？　めちゃくちゃ尋常じゃなく見られている気がする……！　え、警護と言うより監視？

振り返って確かめる勇気はない。

物音一つしない室内で、ジュリアは悶々としたままじっと横たわることしかできなかった。

3 温泉

絶対に安眠など訪れない——そう確信していたけれど、人体は本当に不思議である。

リントヴェールの視線が気になったのは、ほんの短い時間だけ。

ジュリアの意識が覚醒したのは、翌朝まだ空が明るくなる前だった。

どうやらベッドに横になって間もなく、泥のように眠っていたらしい。我ながら精神的に逞しい。思った以上に身体も心も疲れ果てていたようだ。

——それにしても私ったら、男性と初めて同室で寝泊まりしたのに、よくもまぁ熟睡できたものだわ……どこでもいつでも眠れるのが、私の特技でもあるけど……

親に言えない秘密を抱えた気分で、ひっそりと反省する。自分の図太さを再発見した。

「——おはよう。よく眠れたか？」

「あ、はい……ぐっすり寝ました」

ジュリアが寝起きの髪を手櫛《てぐし》で直していると、既に隙なく準備を整えた彼が、優雅に茶を嗜《たしな》んでいた。

長い脚を組み、物憂げな流し目を寄越されると、いささか朝から刺激が強い。

何をしても様になる、罪作りな男である。

──リントヴェール様は寝癖とかつかないのかな……いつ見ても美髪がサラサラで、縺れていることもない……私なんて頬に枕の痕が残っている。女として終わっていない？　……始まった覚えもないけど……

「貴女も飲むか？」

「ありがとうございます……」

起き抜けの茶は、ほどよく冷めておりジュリアの喉を潤してくれた。

渇きが癒えれば、寝起きの頭がゆっくりと動き始める。

用意されていた水で顔を洗い、ジュリアは素早く身支度を整えた。

彼の前で着替えるのも二度目となれば、抵抗感はかなり薄まっている。というか、気にしていてはこの先が持たない。

本日のリントヴェールも、地味な旅装に身を包んでいたが麗しい。

今のようにフードを被って髪や顔を隠していないと、『こんな美形が何故似合わない格好で不釣り合いな場所に？』と余計に目立つ。

人間、いくら変装しても隠しきれないものがあるのである。

──私は完璧に少年になりきれているけどね……

ジュリアは今日も短いズボンに帽子を被った、どこからどう見ても立派な男児の格好だ。

昨日、宿屋の女将《おかみ》も『兄さんと旅行かい？　いいねぇ、僕』と欠片も疑った様子がなかった。悲しい。

――これでも一応、妙齢の女なんですけど！

何はともあれ荷物を纏めれば出発である。

ジュリアは誰に言うでもなく心の中で叫び、リントヴェールと共に宿屋を後にした。

本日はやや気温が低いが天気はいい。

普段なら、『気持ちのいい朝』を迎えて一日の始まりを実感しているところだ。

何の因果か、『随分遠くまで（物理的な意味だけではなく）来ちゃったな……』と微妙な感慨を抱いたけれど。

「今日もかなりの距離を移動する予定だから、身体が辛かったら早めに教えてくれ。朝食は、どこか適当な場所でとろう」

「わかりました」

早朝の町は、ひと気がない。ひんやりとした空気の中を足早に歩いた。

「次の町までは大きな街道沿いを進む。もう少し人通りが増えたら、乗合馬車を捉まえよう。それを途中で乗り換える」

「一直線で向かうより、いくつか経由した方が最終目的地が曖昧になるからですか？」

「その通り。貴女と話すのは、打てば響くようで楽しいな。ジュリアさんは頭の回転が速い。

上流階級の女性はいつも婉曲《えんきよく》な物言いをするから、少し苦手だ。貴女のように率直な女性が、私には好ましい」

一瞬、『そうやって女を舞い上がらせ、誤解することを口にするから、他の女性陣が勘違いするのでは？』と訝《いぶか》ったものの、呑み下す。

「か、買い被りすぎです。――でも、あの、ありがとうございます……私、リントヴェール様に後れを取らないよう、頑張りますね」

彼に他意はなくても、この美貌だ。

勝手にのぼせ上がってあらゆる言葉を曲解し、自分に気があると思い込む令嬢がいても不思議はなかった。

――罪作りな人だなぁ……私も気をつけなくちゃ……

ジュリアが改めて気合を入れ直していると、突然リントヴェールが立ち止まった。

「待って」

「ふぁっ」

「――こっちへ」

下を向いて考え事をしながら歩いていたので、ジュリアは彼の背中に思い切りぶつかった。鍛え上げられた体軀は微動だにせず、ジュリアの方が強《したた》かに跳ね返される。大木か。よろめいたジュリアは、リントヴェールに肩を抱かれ、路地に連れ込まれた。

彼の放つ空気が尖っている。ピリピリとした気配はジュリアにも感じ取れ、背中にじわりと汗が滲んだ。

「急にどうし――」

「静かに」

短い命令は、硬い声で発された。

周囲を警戒するように見回した眼差しは、驚くほど鋭い。余計な口を挟める雰囲気ではなく、こちらも息を殺した。

「……検問がいる」

リントヴェールの言葉にジュリアが壁の陰から町の門を盗み見れば、二人の男性が立っていた。

どうやら町を出入りする人々を確認しているらしい。格好から考えて、この町の治安自治隊だろう。

特に不審な光景ではない。ある程度大きな町なら、よくあることだ。砦を築いて常に検問を行うところもあれば、不定期に確認する場所もある。

「……普通に、町を通過する者の身柄を確かめているだけでは？」

「昨日、この町に入った時には何もなかっただろう。それが今朝になって突然検問をするのは、どう考えてもおかしい」

「時間によるのではありませんか？　朝はやっている、とか」

「それなら、通常は人の出入りが最も活発になる時間帯にするのではないか。この町で言うなら、昨日我々が通過した頃が、一番人が多かった。何もこんな朝早くに検問する必要はない」

言われてみればその通りで、昨日この町にジュリアたちが到着した時間帯は人通りが多く、大勢の人間が行き交っていた。

これから町に入る観光客。宿泊し、朝食を食べてゆっくりと帰ってゆく旅行客。身柄を検《あらた》めたいのは、普段この町に住んでいる人々ではなく、不特定多数のそういった者たちのはずだ。

こんな早朝では、精々仕事で別の町に向かう住民しか通過しないのではないか。

「それじゃ……」

「追手の可能性が高い。彼ら自身が刺客でなくとも、上から命じられたとも考えられる。だが早すぎる……やはり、情報が漏れていると考えて間違いないな。貴女が生きていることは露見しているようだ」

「そんな……」

つまりリントヴェールのごく身近に裏切り者がいるという意味ではないか。

血の気が引いたジュリアは全身を強張らせた。

「私は目的地を誰にも話していない。しかしこの町で張っていたということは、ある程度目星をつけられているか、大きな町をしらみつぶしにしているということだろう。少し予定を変更した方がいいかもしれない……」

殺人者に、こちらの行動を読まれていると思うのは、とてつもなく恐ろしかった。

自分の背中に迫る悪意を、ひしひしと感じる。

思わずジュリアは、唯一縋れるリントヴェールに手を伸ばし彼の服の裾をそっと摑んだ。

「――別の道を行こう。この先を抜けられる」

「よくご存じですね……」

「昨夜のうちにここ一帯の地図は頭に叩き込んである。貴女は何も心配しなくていい」

――私が眠ってから、そんなことをしていたんだ……

視線が気になるなんて、考えていた自分が恥ずかしい。

リントヴェールは色々考え、ジュリアを無事に王太子のもとへ送り届ける手段を講じてくれたらしい。

「予定を繰り上げることになるが、街道を外れよう。あの様子だと、まだ私たちが辿ろうとしている行程を絞り込めたわけではないはずだ。もし確信をもってここで待ち構えているなら、もっと大人数を配置するだろうし、宿自体を押さえたはず。それをしなかったのは、具体的には何も摑んでいないからと考えられる」

即座に代替案を出し行動に移す彼は、とても頼もしい。

ジュリアは尊敬の面持ちで、リントヴェールを見上げた。

――帽子があってよかったな……なかったら、私の顔が真っ赤になっているのを見られてしまうかもしれないもの……

「今後、昨日よりも過酷な旅になるのを覚悟してくれ、できるだけ貴女に不自由はないよう取り計らうが……」

「大丈夫です、気にしないでください」

ジュリアがぎゅっと拳を固め、元気であることを告げれば、彼は小さく笑みをこぼした。

「……強いな。大抵の女性はこういう場合、泣いて怯えて動けなくなるものだと思っていた」

「それは貴族のお嬢様方の話ではありませんか？　私は言ってみれば雑草ですもの。観賞用に大事に育てられた花とは違います。どんな場所でも環境が厳しくても、簡単に枯れたりしませんよ。でなきゃ家族と離れて王都で出稼ぎなんてできません！」

わざとおどけて言ったのは、自分を鼓舞したいためでもあった。

本当は怖くて膝が震えそうになっている。

けれど怖気づいていると悟られたくはない。これは生き残るためのジュリア自身の戦い。平凡な日常を取り戻すには、平気な振りをする必要があった。誰よりも、己自身のために。

「……心意気は立派だが、無理はしないでほしい。――行こう」

入り組んだ路地を進めば、道はどんどん細くなっていった。途中からは横に並んで歩けず、縦に連なって進むことになる。

誰かとすれ違うこともできない。幸い前から来る者はおらず、二人は足音を忍ばせて先を急いだ。

町の門からは遠ざかる。このままでは行き止まりになるのでは？　と不安になった頃、ジュリアは地下へ下る階段へ誘《いざな》われた。

「ここは……？」

「この町は地下道が張り巡らされている。今はほぼ打ち捨てられているが、かつては頻繁に使われていたらしい。と言っても、迷路並みに入り組んでいるから、下手に迷い込めば方向を見失いかねない。その上、万が一襲われれば逃げるのが難しい。だから使う気はなかったが……選んでいる余地はないな。悪臭が酷いけれど、外に出るまで我慢してほしい」

「へ、平気です」

ジュリアは大きく頷いたものの、正直あまりの臭さに息を止めていた。

汚物の臭気か、水が淀んでいるのか。地下道は湿気が多く、お世辞にも衛生的ではない。あちこちに鼠《ねずみ》が走り、大きな虫も這い回っている。平素ならば、絶対に侵入したくない場所だ。

――く、臭っ……うう、これは厳しい……！

覚悟していた苦難と、やや違う。鼻が曲がりそうである。正直、肉体的な大変さよりも辛いかもしれない。

「怪我《けが》をしないよう気をつけてくれ。こういう場所で傷を負うと、悪化しやすくなる」

「は、はい」

地下道は染み出た水のせいか、足元も壁もぬるぬるとしていた。

油断していると、あっという間に滑って転びそうになる。濁った水溜《みずた》まりには足を踏み入れたくなくて、ジュリアは慎重に前へ進んだ。

「この地下道はどこに通じているんですか？」

「町の至る所に出口はある。その中で一つだけ町の外に繋がっているのを、昨晩確認した。すべての通路を把握しているのは、管理を任されている数人じゃないか」

――そんな入り組んだ迷路状態を、リントヴェール様は一晩で全部覚えたの……？

とんでもない記憶力だ。それも、使う可能性が低かった道程なのに。

純粋に尊敬の念が湧き、ジュリアは胸を高鳴らせた。

色々と距離感や情緒のことなど問題はあるけれど、彼が優秀で魅力的なことは変わらない。

容姿が優れているだけでなく、頼り甲斐がある男性に惹かれずにいることは難しかった。

「暗いから、はぐれないよう手を繋ごう」

光源は、リントヴェールが持つ小さなランプしかない。自然、ジュリアは彼に身を寄せる形になった。

握った手が熱くて、火傷してしまいそう。だが発熱しているのは自分の方だ。

彼は落ち着き払っており、動揺している素振りは欠片もない。

ジュリアだけがこんな時に浮《うわ》ついた気持ちになってしまっていた。

——ちゃんと気を引き締めたつもりだったのに……

いけない。線引きをしっかりしなくては。これ以上心を傾かせるわけにはいかないのだ。

真剣に逃亡を助けてくれているリントヴェールに、ジュリアが場違いなことを考えているとは、絶対に知られたくなかった。

「一部、天井が低くなっている。頭を下げなさい」

片手で軽く頭を押さえられ、姿勢を低くするよう促される。

流石にこんな状況で彼も、『勝手に触ってすまない』とは言わない。それとも、もう気にならなくなってきたのか。

——一昨日《おととい》より親密さが変わった……って感じるのは、思い込みかな……？

接触回数が増えたからか。同室で眠ったからか。それとも——一つの食べ物を分け合ったからなのか。

もともと不可思議だった距離感が形を変えた心地がする。

まるで、初めから『これが正しい近さ』であるかのように。

——私ったら、今は関係ないことを考えている場合じゃないでしょ……！

ジュリアが甘い感慨に引き摺られそうになっていると、不意にリントヴェールが立ち止まった。

今度は自分もちゃんと前を向いていたので、彼の背中にぶつからずに済む。

だが彼が漲《みなぎ》らせた殺気と緊張感に、ジュリアの呼吸が乱れた。

「——下がって。誰か……いる」

耳を澄まさねば聞こえない程度の声量で囁かれ、ジュリアは無言で首肯した。

水音を立てないよう一歩ずつ慎重に後ろに下がる。

壁の窪みに身を潜ませると、リントヴェールがランプの光量を限界まで絞った。

静寂と暗闇が訪れる。

息を凝らしたジュリアの耳が、水滴の落ちる音とは別の物音を拾った。

——人の……話し声……っ？

普通に考えれば、この地下道にも整備や管理をしている者がいる。そういった人々が出入りしていても不思議ではない。

しかし、ジュリアを庇《かば》うように背後に守る彼の背中が『違う』と物語っていた。

——誰……っ

目的もなく、こんなに不衛生で悪臭漂う場所に踏み込んでくるもの好きはいないだろう。

子どもが探検気分で入り込まないとは言いきれないが、それなら充分な照明器具を持ち込むはずだ。

けれど人の気配に反比例して、明かりの類は一切見受けられなかった。

考えられる理由は一つ。

あちらも自分たちと同じように、手持ちのランプを極力絞っているからだ。

通常ならそんなことをするわけがない。足元を照らさなければ、危なくてとても歩き回れないのに。

——私たちを追ってきたの……？　いったい何人いるの……？

戦慄く身体を叱咤して、ジュリアは眼前に立つリントヴェールの手を強く握った。何かに縋らなければ、膝が笑って立っているのも困難だったからだ。

「——ランプに布をかけて持っていてくれ。声は出さずに——すぐ戻る」

「え……っ」

問い返す間もなく手を解かれ、ジュリアの左手に彼の荷物とランプが渡された。言われた通り反射的に帽子を被せ、明かりを遮る。

訪れたのは漆黒の闇。

物の輪郭もぼんやりとしかわからない中、彼が笑った気がするのはどうしてだろう。

「——判断と行動が速い。流石私の——……だ」

「……？」

聞こえなかった言葉を聞き直す暇もなく、リントヴェールが素早く駆け出した。

名前を呼びかけ、ジュリアは咄嗟に口を噤む。

今自分が叫べば、何者かに人がいることと隠れている場所を知らせてしまうことになる。

それはリントヴェールを危険に晒す行為に他ならない。

「――貴様……っ」

「いたぞ！」

「こっちだ！　取り囲め！」

複数の男の声と、バシャバシャと蹴散らされる水音が響いた。

岩壁に音が反響し、どこから聞こえてくるのか判然としない。ただ何人もの人が揉み合う様子が漏れ聞こえた。その上、金属がぶつかり合う剣戟《けんげき》の音までもが地下道に響き渡る。

――リントヴェール様……！

彼は武器など持っていないのではないか。騎士服を纏っていた時とは違い、旅装になってからは腰に剣を佩《は》いていなかった。

――どうしたら……っ
助けに行かなければとジュリアの気持ちだけが前のめりになる。けれど自分に何ができる？

飛び出したところで足手纏いにしかならないのは必至。

争い事に、ジュリアは絶望的なほど向いていない。

まして相手が荒事に慣れた男たちなら、自分など簡単に捻り潰されてしまうだろう。逃げ隠れする以外、何もできない。

——大人しく、ここでじっとしてリントヴェール様を待つことしか……！

いや、それも建前だとわかっていた。

本当は身体が動いてくれないだけだ。我が身が可愛くて、ただの一歩も動けない。

悲鳴を上げずに我慢するのが精一杯。

背中を壁に預け、震えて俯く。顔を覆った手は、おかしくなるほど戦慄いていた。

「くそっ、明かりを消された」

「殺せ！　近くに女が隠れているはずだ。捕らえろ！」

物騒な言葉が飛び交い、地下道に潜んでいた男らがジュリアを狙っているのが明白になる。

首筋に殺意を突きつけられた心地がした。

「背後から回り込め！」

「相手は一人だ。斬り捨てろっ！」

「お前は女を探せ！」

少なくとも敵は三人。

こんなに狭く暗い場所で、いくらリントヴェールが強くても、不利なのではないか。

ジュリアは考えるよりも先に、足元に転がっていた石を拾った。

明確な作戦や考えがあったわけではない。とにかく彼を助けなければならないと衝動に駆られただけだ。

拾った小石を声がする方向から、やや離れた場所に向かって勢いよく投げる。あわよくばジュリアが立てた物音だと勘違いし追ってくれたらいい。

暗がりの中を飛んでいった石は、思いの外大きな音を立て、着水した。

「……！　あっちだ、逃げたぞ！」

「待て、……ぅわぁっ！」

足音が乱れる。

悲鳴が重なる。

何が起きたのか、ジュリアに確認する術《すべ》はない。ひたすら、身を縮めて祈るのみ。

――どうかあの人が無事でありますように……！

自分のしたことが彼の不利益に繋がらなければいい。余計なことをしたのかもしれない。

それでも、ジュリアだけが隠れているなんて、どうしてもできなかった。

「ひ……っ、やめろ！」

「ぐぁっ」

悲鳴は、どれも短かった。それが三人分。直後に大きな何かが倒れる音がした。男たちが持っていたランプはすべて消されたのか、漆黒の闇がジュリアにのしかかる。聞こえるのは、滴り落ちる水音だけ。

圧倒的な静寂の中、ジュリアはランプの持ち手を強く握った。

──何が、どうなったの……っ？

動けない。不用意に物音を立てれば、男たちに見つかってしまうかもしれない。そうしたら、リントヴェールはどうなってしまうのか。

──まさか斬られたなんてこと……っ

考えたくないけれど、あの悲鳴が誰のものか、ジュリアには聞き分けられなかった。万が一どれか一つが彼のものだったとしたら──嫌な妄想に背筋が冷える。

嫌だ。想像したくもない。まだ共に過ごした時間は短いけれど、リントヴェールがいなくなるなんて、恐怖でしかなかった。

──ダッテ一度定メタ──ヲ喪《うしな》エバ、私ハ生キテイラレナイ……

ざらざらとした予感が足元から這い上がってくる。空想だけで、ジュリアの頭がおかしくなりそう。

──不吉なことを考えちゃ駄目。でも、何故誰の声もしないの……

もし彼が怪我を負ったなら、一刻も早く手当てしなくてはならない。

ジュリアが強張った四肢を強引に動かそうとした時——

「——ジュリアさん、ランプを覆った帽子をどけてくれ」

闇の中から息も乱していない彼の声が聞こえた。

「リ、リントヴェール様……っ？　無事なのですかっ」

「問題ない。貴女は？」

「わ、私は何とも……っ」

ジュリアが帽子をランプから外し光量を調節すると、通路を曲がった先に剣を握った彼が立っていた。

他に、人影はない。少なくとも、自らの足で身体を支えている者は。

「ひぃ……っ」

三つの塊が転がっている。それが何であるのか、一瞬わからなかった。

いや、ジュリアの頭が理解を拒否したのだと思う。

リントヴェールの足元に、倒れる男たちの姿。汚い水に半ば沈んでいる。

ほとんどが闇に塗り潰されているせいではっきりとは見えないが——赤黒い血が、広がっていた。

「……貴女が石を投げて男たちの気を引いてくれたおかげで、助かった。夜目に強い獣人がいたので、少し危なかった。ありがとう」

「お、お礼なんて……」

言うべきなのは、守ってもらったジュリアの方だ。

それなのに、返り血を浴びた彼にどうしても近寄ることができない。

銀の髪や整った容貌から滴る不穏な赤。

心と身体が萎縮して、その場から一歩も動けなくなった。けれど、リントヴェールの左肩から滲んだ血に気がつき、ジュリアの呪縛が解ける。

「怪我を……っ！」

「ああ。情けない、一撃受けてしまった」

「な、情けなくなんてないです……！　早く手当てしなくちゃ……っ」

こんなに不衛生な場所に長く留まってはいられない。

そう思い、ジュリアは彼に駆け寄った。

「行きましょう。早く外に出ないと……！」

足元に倒れている男たちにはあえて視線をやらなかった。

おそらく生きてはいない。恐怖から目を逸らし、リントヴェールのことだけを視界に収めた。

非情だと思われてもいい。そんなことより命の恩人の怪我の方が一大事だ。

ジュリアは急く気持ちのまま、彼を見つめた。

「……私のせいで、こんな……っ」

「……貴女の『せい』というのは少し違う。しいて言えば……『ため』だな」

「こ、言葉遊びなんて、今はどうでもいいです。とにかく外を目指しましょう！」

「同感だが、出口はそっちじゃない」

逸る気持ちのままジュリアが勇んで歩き出すと、やんわりと逆を指し示された。

「……じゃあ、リントヴェール様が前を歩いてください！」

自信満々に道を間違えたようで、締まらない。ついジュリアの声が尖ったが、彼は微かに笑っただけだった。

「貴女は本当に肝が据わっている」

「リントヴェール様の荷物は私が持ちます。それにしても……剣なんてどこに隠していたんですか？」

「マントの下に背負っていた。丸腰で護衛はできないだろう」

まったく気がつかなかった。あのたっぷりとしたマントは、そういう役目も担っていたらしい。

――リントヴェール様が生きていて、本当によかった……

今ジュリアが感じる想いは、それだけ。他には何も考えられない。

たとえ冷たい女と罵られても、襲撃者の無事を案じる余裕は持ち合わせていなかった。

自分が襲われたからではない。彼が怪我を負わされたことが、どうしても許せないせいだ。

「……貴方《あなた》が殺されてしまったのかと思って、怖かった……」

絞り出した声は震えていた。

情けなく掠れ、みっともない。自分があまりにも弱々しくて、吐き気がする。

今だって傷を負ったリントヴェールを支えてやらねばならないのに、実際は彼に縋ってどうにか歩いている状態だった。

再び繋いだ手が熱い。汗ばんでいることが恥ずかしいけれど、放したいとはどうしても思えず、ジュリアはむしろ強く握り込む。

この手を解きたくないと心から願う。許されるなら、これから先も一生。

「私を案じていたのか？」

「当たり前じゃないですか！」

ジュリアが思わず声を荒らげれば、リントヴェールが真剣な眼差しをこちらに向けてきた。

「どうして？」

「どうして……って、そんなの、当然じゃありませんか……」

自分のせいで誰かが被害を受ければ、気にかけるのが普通だ。しかも命に関わることなら、なおさら。説明するまでもない。

「あ、貴方は私を助けて守ってくれる方ですし……」

けれどそれだけではないことを、ジュリア自身もわかっていた。

「庇護者《ひごしゃ》がいなくなることが怖かったのか？」

「違います！　リントヴェール様だから、余計に心配なんです……！」

我が身の安全を確保するためだけに彼を必要としているわけではない。

出会ってからたった数日でも、気づけば心を奪われてしまったからだ。

期間限定で、報われるはずがない関係なのに、己に言い聞かせ律していなければ、このまずっと一緒にいたいと願うようになったのはいつからだろう。

はっきり意識するよりも早く、この胸に願望が宿っていた。

油断すると、気持ちが溢れ育ってしまうのが怖いくらいに。

――駄目だ私……もうとっくにこの方が好きなんだ……

いくら否定しようとしても、心に嘘はつけない。

身のほど知らずにも、ジュリアは成就するはずがない恋をしてしまった。

まさに『落ちる』の言葉が相応しい。理性や良識など何の障害にもならない。心が引き寄せられ、いつの間にか囚われた。

「私を守ってくださったのは、嬉しいし感謝しています。でも、そのために傷を負わないでください……！　ご自分でも、『こういう場所で傷を負うと、悪化しやすくなる』とおっしゃったじゃないですか。これ、斬られた怪我ですよね。早く清潔な布で止血しなくちゃ

「……」

甲高くなったジュリアの声が、地下道に反響する。

気持ちに応えてほしいなんて、贅沢なことは望んでいない。リントヴェールの役に立てればそれでいい。

ジュリアはひとまず疼《うず》く恋心を抑えつけ、外を目指した。

「確かに、少々油断していたことは否めない。まさか蝙蝠《こうもり》の獣人が交じっているとは思わなかった」

「こ、蝙蝠……っ？」

「ああ。私も初めて出会ったが、闇をものともせず、自在に動けるのだな。驚いた。だが貴女が投げた石に意識を奪われていたぞ。落下するものに引き寄せられる習性は、一般的な蝙蝠と獣人も変わらないようだ。勉強になった」

「そ、そんな悠長なことを言っている場合ではないでしょう……っ？」

肩から出血させながら、どこかのほほんと話す彼が信じられなかった。

それでも、自分のしたことが少しでもリントヴェールの助けになったなら嬉しい。

無我夢中で投げた石が、襲撃者の意識を逸らす一端を担えたなら、意味があったということだ。

「重要なことだ。獣人は通常自分の種族や特殊能力を隠している上に、あまり遭遇する機会もない。だが戦闘になれば『習性を知らなかったから負けた』なんて言い訳は通らないだろう？　少しでも知識を蓄えておくのは、大事なことだ」

「そういうもの、ですか……？」

「ああ。これで次回はもっと上手く立ち回れる。貴女を無傷で守り抜けるだろう。――惜しいことに一人取り逃がした……まぁあの深手ではすぐには追ってこられないだろうし、この地下道から抜け出すのも容易ではないから、安心していい」

「じ、次回なんて、ないのが一番いいです……っ」

ジュリアが言い返すと、彼は握った手に力を込めてきた。まるで、何かを繋ぎ止めるかの如く。

「――次は、こっちの道だ」

「は、はい……」

彼に誘導され、何度も右に左に曲がり、沢山の分岐を進んだ先に光が見えた。

風が微かに動き、ジュリアは無意識に深呼吸する。

淀み濁っていた空気が、新鮮なものと入れ替わるのが感じられた。

「あの階段を上がれば、町の外に出られる」

「よかった……！」

逸る気持ちを宥めすかし周囲を警戒しながら外に出れば、幸いそこには誰もいなかった。

リントヴェールの言っていた通り、町の外に繋がる出口だったらしい。

簡素な扉が設けられているだけで、内側から簡単に開けられる。誰かが侵入することは、あまり想定されていないようだ。

――そりゃそうよね……あんなに中が入り組んでいたら、遭難しかねないもの……

ずっと暗がりの中にいたせいか、昼間の陽光が目に突き刺さる。眩しさに瞳を細めれば、ジュリアの目尻から涙が伝った。

「あ、あれ……？」

光が目に沁みたのでも、ごみが入ったのでもない。悲しいわけでもなかった。

理由のわからない涙が止まらず、どんどん溢れ出る。自分でも意味がわからず動揺した。

忙しく瞬いても、拭っても一向に治まってくれない。逆に増える一方の涙がジュリアの頬を濡らした。

「え、あれ……変ですね……」

しかも嗚咽が胸を震わせ、一層涙がこぼれ落ちた。止めようとしても止まらず、ぼたぼたと滴り落ちる。

「な、何で……ごめんなさい、今すぐ泣きやみますから……」

「無理に堪えることはない。思い切り、泣きたいだけ泣けばいい」

抱き寄せられたと気がついたのは、大きな手がジュリアの背中を撫でてくれたからだ。

優しく、労りを込め、彼の掌が何度も上下に往復する。その度に、激しく波立っていた心が、凪いでいった。

「普通の女性が恐ろしい目に何度も遭って、平常心を保てるわけがない。貴女は、充分頑張っている」

「で、でも……私は助けられてばかりで……っ」

「気にするな。むしろ、感情を見せてくれて、安心した。強がってばかりいては、心が壊れてしまう。貴女はもっと私に甘えてくれていい」

沁み込むような柔らかな声。体温が伝わる優しい掌。包み込まれる抱擁。それらのすべてが、押しつけがましさなく注がれ、身体と心を満たしてゆく。

ジュリアは少しずつ、けれど確実に落ち着きを取り戻せた。呼吸が平素の速さに戻る。

胸に広がるのは安堵。

この時になってようやく、ジュリアは自分が酷く怯えていたことに気がついた。

「もう、大丈夫だ。怖い思いをさせて、すまなかった」

「リ、リントヴェール様のせいではありません……っ、それより怪我の手当てを……っ！」

「これくらい何でもない。鍛錬中の方がよほど傷だらけになる」

おそらくそれは、ジュリアを宥めるためについてくれた優しい嘘だ。

それがわかるからこそ、愛おしさが込み上げた。

「リントヴェール様……っ」

「今度は一太刀《ひとたち》も浴びず、無傷で貴女を守ると誓う」

「ですから、今度はない方がいいです……っ」

ジュリアが苦々しく告げると、彼が口元を綻ばせた。視線が絡み、互いに笑い合う。

束の間甘い空気が漂って、どちらからともなく改めて抱き合った。

「すまない。私は血で汚れているのに」

「そんなこと……気になりません」

――ずっとこうしていられたらいいのに……

二人の身体が隙間なく重なり合い、くっついているととても落ち着く。まるで最初からしつくりと嵌《は》まるよう誂えられたみたいだ。だがしかし。

「――血ではなく、臭い……ですね……」

「悪臭が酷いな」

長い時間地下道をさまよい、あまつさえリントヴェールは汚れた水の中で大立回《おおたちまわ》りを演じた。足元は双方びちゃびちゃである。

故に、互いの全身から何とも形容しがたい臭気が立ち上ってきた。

「くっさ……」

一度意識してしまうと、もう駄目だ。

外に出て、爽やかな風が流れているのに、とにかく自分自身が臭すぎる。

二人は速やかに離れ、気まずく視線をさまよわせた。

「……どこかで着替えましょうか」

「この調子では、鞄の中にある服も期待できないな……一度洗わないと厳しいと思う」

「ではどうすれば……」

せっかく脱出したばかりの町に戻るのは論外だし、この先に洗濯できるような場所はあるのか。

そもそも今のジュリアたちがどこかに立ち寄っても、目立つ上に嫌がられるとしか思えなかった。悪臭故に。

——肉体や精神的に辛い旅になることは覚悟していたけれど、こういう方向は想定外だわ……。

まさか自分が超絶臭い女になるとは。端的に言って、ショックである。

「確かしばらく行った森の中に、天然の湯が湧いている場所がある。そこで身を清めよう」

「天然の湯、ですか……」

ジュリアもそういったものが世の中にあると話には聞いたことがある。しかし目にしたことはなかった。

それに逡巡したのは、身を清めるには当然服を脱ぐ必要があると思い至ったからだ。勿論洗濯するにも脱がねばならないものの、入浴となると一層心理的な抵抗が強まる。

――ちゃんと脱衣所とか壁とかあるのかな……でないと森の中で裸になるってことだよね……？　いや、まさか……流石にそれはあり得ないでしょう。でもリントヴェール様は、ちょっと常識がズレているし……

「何でも湯に様々な成分が溶け込んでいて、薬のように外傷を治す効果もあると聞いた」

「すぐ行きましょう」

そういうことなら迷っている暇はない。ジュリアの躊躇いなど、些末なことだ。

「リントヴェール様の傷口も洗わねばなりませんものね。どっちですか？　こっちの方向ですか？」

「急に乗り気になったな」

「荷物はこのまま私が持ちます。さ、出発しましょう」

前を歩く勢いでジュリアが宣言すれば、彼の手にひょいっと鞄を二つ取り上げられた。

「この程度の怪我で荷物を持てなくなるほどやわな鍛え方はしていない。だがありがとう。貴女の心遣いに感謝する」

「本当に大丈夫ですか？」

「貴女こそ、もう充分涙は流したか？」

揶揄う声音で言われ、少し悔しい。

しかし彼が元気でいてくれるなら、それに越したことはなかった。

「予定にない遠回りになるが、逆に追手の目を眩ませられていいかもしれないな。まさか私たちが、地元の人間にもあまり知られていない温泉に立ち寄るとは思うまい」

「ここから遠いのですか？」

「そうでもない。二時間もあれば、到着できるだろう。こっちだ」

「その前に止血だけでもしませんか……！」

怪我の影響を欠片も感じさせない足取りで歩き出したリントヴェールを、ジュリアは慌てて追いかけた。

「必要ない」

「だけど……」

「それよりも、貴女だって早く臭いを落としてサッパリしたいだろう？　沁みついてからでは遅いからな」

「それはそうですが……」

――確かに、全身お湯に浸《つ》からなくても、せめて汚水に濡れた足は洗いたい。それに靴と服も……別に全裸になる必要はないじゃない。

そう思えば、ジュリアは天然の湯に興味が湧いて、俄然《がぜん》楽しみになってきた。初めて見るものは、何でも気になる。

「だったら先を急ごう」

「はい」

こちらに伸ばされた手を何の躊躇いもなく取り、ジュリアは彼と歩き出した。

などと考えていたのに、これはいったいどういうことだろう。

ジュリアは現在、思考停止状態で肩まで湯に浸かっていた。

勿論、服も下着も身につけてはいない。入浴中なのだから当然である。

そして隣には、これまた全裸のリントヴェールが静かに温泉を堪能していた。

天然の湯はじんわりと肌に纏わりつく。ややとろみがあるのか、短い時間浸かっただけでも、全身がすべすべになった気がした。

山歩きで張っていた筋肉が解れ、道中小枝に引っかかれた傷の痛みも癒えている。素晴らしい効能である。けれど。

――何がどうして、こうなったのだっけ……？

頭が上手く働かず、思い出せない。

覚えている限り、ジュリアは入浴を断固拒否したはずである。

自分は洗濯と汚れた部分だけを洗い流せればいいと言って、彼だけを湯に浸からせるつもりだったのに。

——何故、私は裸でお湯に入っているの……？

わからない。しかしとりあえず、上手く丸め込まれたことだけは確かだ。

リントヴェールはあまり饒舌《じょうぜつ》な質ではないくせに、妙に口が上手かった。世慣れしていないジュリアなど、彼にかかればイチコロである。

流石、エリート王室騎士団員。こんなところで、才能を発揮してほしくはなかったけれども。


山道を歩いて、蒸気が立ち上る温泉に到着したのは、正午前だった。

慣れない登山で疲れ切ったところに独特な硫黄《いおう》の匂いを嗅ぎ取り、心が浮き立たなかったと言えば、嘘になる。

これは楽しい旅行ではないと己を戒めても、初めての体験にドキドキするのは仕方ない。

自然豊富な山の中、急に景色が開けたと思ったら、大きな湖が出現した。勿論、基本的にそこに湛《たた》えられているのは普通の水だ。

しかしごく一部、とある一角だけ、湖底から熱湯が湧き出ているらしい。

コポコポとひっきりなしに気泡が上がり、水温が高くなっている。丁度いい場所を選べば、適温の湯に入ることができるという仕組みだった。

近隣の町の住民らにあまり知られていないのは本当らしく、人の手が入った様子はない。

当然、脱衣所も壁も見当たらなかった。

――あの時まで、私は膝下だけ洗うつもりだったはず……っ、それがどうして？

早速服を脱ぎ始めたリントヴェールを尻目に、ジュリアが靴を脱いで準備をしていたことまでは、確かだ。それから――

――ああそうだ……彼に『怪我のせいで服を脱ぎづらいから、手伝ってほしい』と言われて……

恥ずかしかったものの、傷を悪化させてはいけないと思い、ジュリアは快諾した。

男性の脱衣に手を貸すなど、当たり前だが初めてである。生まれてこのかた、手伝おうと思ったこともない。

しかしリントヴェールが断られたのは、明らかに自分を守るためだ。ならば『恥ずかしい』などと言っている場合ではない。

覚悟を決め、ジュリアは彼の上衣に手をかけた。

そして一枚ずつ服を脱がせてゆく度、クラクラする眩暈を覚えたのである。

ある程度予測はしていたものの、リントヴェールの肉体は大層立派なものだった。

大きく発達した筋肉は実用的で、理想通りの形に引き締まっている。隙なく鋭角的に刻まれた陰影。

女性的な丸みは皆無で、ジュリアは自分とのあまりの違いに、しばし言葉を失った。

――ぎゃ、逆三角形っ……！

逞しい肩幅にくびれた腰。腹は見事に割れ、六つの隆起を描いていた。

まさに、『脱いだらもっとすごいのです』だ。しかし粗野な威圧感はまるでない。

ひたすらに戦神の如く美しい。

極限まで鍛え上げられた人体は、こうも芸術性を帯びるのかと感心する。だが誰しもが努力したところで手に入れられるものではあるまい。

途方もない鍛錬と、才能があってこそ。

生まれた時から持ち得た資質も、才能のうちだ。それを開花させられるかどうかもまた、神から与えられた贈り物なのだろう。

とはいえ、ジュリアはそんなことを考えている場合ではないと思考を切り替えた。

今は彼の肉体美に見惚れている暇はない。とにかく傷の手当てをしなくては。

改めて太刀傷を検分してみると、ジュリアが案じていたほど深いものではなかった。出血もほとんど止まっている。

あまりの治癒力の高さに、大いに驚いたほどだ。

「私は他者よりも傷の治りが早いんだ」

そう呟いたリントヴェールではあるが、痛みや肩の動かしにくさがまったくないという話ではないらしい。

彼が不自由そうに血を洗い流すのを見たジュリアは、傷口を清めることを申し出た。

「そうしてくれると助かる」

とリントヴェールが礼を言ってくれ、やる気に火がついたものの、そこからあれよあれよという間に話が進み、『そのままでは服が濡れてしまう』『貴女も清潔にしないと、洗ってもらっても意味がない』『ついでに山歩きの疲れも癒やしておかないと、今後に支障が出る』など怒涛の勢いで説得され、気がついたらジュリアも裸になって温泉に浸かっていたというわけだ。

解せぬ。

やはり冷静になって考えてみると、おかしい。

――私、こんなに流されやすかったっけ……？

それなりに警戒心は強い方だと自負していたのに、相手が彼だとどうも緩みがちになるのが否めない。

それもこれもきっと、あの独特な『匂い』のせいだ。

――だって仕方ないじゃない。またあの香りがどこかからして、上手く思考が纏まらなくなってしまったんだもの……！

地下道の汚れを落として悪臭を洗い流せば、硫黄の香りが一層強くなった。

だが同時に、しばらく意識していなかった甘い芳香が、一気に濃密さを増し漂ったのだ。

心も身体も囚われる馥郁《ふくいく》たる香り。

ひと嗅ぎごとに頭が陶然とする。意識が心地よく濁り『余計なこと』をつい後回しにしたくなる。目の前にいる『男』のこと以外、何も目に入らなくなって――

――私ったら、非日常が続いたせいで冷静さを欠いているんだわ……

もっとしっかりしなくては。いくらリントヴェールへの想いを自覚したからといって、これ以上育ててしまっていい感情ではない。でないと、いずれ自分自身が苦しむことになる。

最初から終わりが見えており、別離はもうそこまで迫っているのだ。

――王太子様の別邸に辿り着ければ、この方にお会いすることもなくなるんだろうな……

それとも裁判が終わるまでは、傍にいてジュリアを守ってくれるのだろうか。

だったらいいなと思いかけ、己の浅はかさに辟易《へきえき》した。まるで事件解決が先延ばしになるのを期待しているみたいだ。

これでは亡くなった被害者や火災に巻き込まれた人たちに申し訳ない。

――駄目だ。お湯にのぼせたのか、ますます何も考えられなくなっている……

ひとまず湯から上がろうとジュリアは決めたが、ここで身体を拭くものを用意していないことに気がついた。

それどころか、鞄に入っていた着替えもすべて洗って干している最中である。

つまり、今自分が温泉を出れば、しばらく素っ裸で過ごすより他にないのだ。

——え……馬鹿じゃないの……私……っ？

色々とバタバタして動揺が鎮まらないままだったから、間の抜けたことをしてしまった。先のことを考えるのを、すっかり失念していたらしい。

——ど、どうしよう……服が乾くまでずっとこのままってわけには、いかないよね……？

既に身体は充分温まって、熱いくらいだ。これ以上浸かっていたら、茹《ゆだ》ってしまいそう。

気持ちとしては速やかに上がりたい。けれど隣にはリントヴェールがいる。どれだけ彼が紳士でも、男性であることに変わりはない。

——だからといって『離れてほしい』とお願いするのも、失礼だよね……っ？

思い悩む間にも、ジュリアの体温は上がってゆく。次第に視界が霞んできた。まずい。このままでは確実に身体によくない。

息が上がり、意識が霞む。もうこれ以上は耐えられない。

ジュリアが意を決して立ち上がろうとしかけた瞬間。

「大丈夫かっ？」

珍しく慌てふためいた様子の彼に、ジュリアは突然抱き上げられた。

「え……」

横抱きで、湯から抱え上げられる。外気が冷たくて心地いい。風の流れが火照って濡れた肌を慰撫《いぶ》してくれた。

だが、今のジュリアは布一枚纏っていない。防御力はゼロである。

そしてリントヴェールも素っ裸。

互いの何物にも隔たれない肌が、ぴたりと密着した。

「……ひっ」

「顔が真っ赤だ。すぐに身体を冷やした方がいい」

揺るがない力強い腕。逞しい胸板。彼の濡れた肌は、ふわりと赤く染まっている。銀の髪から滴る滴《しずく》が、より艶めかしさを強調していた。

「リ、リ、リントヴェール様……っ」

下ろしてほしい。でないとジュリアの裸が丸見えである。

しかしもう一度湯の中に入れば、今度こそ意識が飛んでしまいそうだ。それに今なら彼の上半身しか見えないけれど、体勢が変われればその限りではないわけで——

「……っ！」

ジュリアの頭の奥で、激しく何かが炸裂《さくれつ》する音がした。

はっきり覚えているのはそこまで。

後はこちらの名前を呼ぶリントヴェールの声が、暗転の中で響き渡る。

「しっかりしろ、ジュリア！」

——……あ、呼び捨て……

いっそ意識を完全に手放せれば楽だったのに、たったそれだけで呼び戻されてしまう自分は、本当にどうかしている。

初めての恋にすっかりのぼせているのかもしれない。今現在は湯にのぼせているのだが。

途切れていた意識を強引に手繰り寄せ、ジュリアは固く閉じていた瞼を押し上げた。

まず目に入ったのは、リントヴェール。

濡れ髪がとてつもない色香を漂わせている。仄かに赤く染まった頬や首筋が、信じられないほど刺激的に目を射った。

――ああ、こんな状況で見上げても、美形は相変わらず美形だわ……でも、何故まだ服を着ていないのっ？

そしてひんやりとした草の上に寝かされているジュリアも全裸のままだ。

当然である。何もかも洗濯して干している最中だからだ。

「きゃ……っ」

今更だが、乙女の反応として自らの身体を抱いて丸まった。

少しでも彼の視線から逃れたい。

全部晒して『さぁ見てくれ』状態を維持できる雄々しさは、流石に持ち合わせていなかった。

「意識が戻ったのか？　気分はどうだ。吐き気は？」

「へ、平気です……」

グイグイ質問をされても、ジュリアの心中はそれどころではない。只今絶賛暴風雨が吹き荒れている。

とりあえず『見ないでくれ』という本音を呑み込んで、最小限に身を縮めることしかできなかった。

「確かに先ほどよりは頬の赤みが薄れているが……ん？　また赤くなってきたな」

それはおそらく、この状況のせいだ。

横たわったジュリアにリントヴェールが覆い被さって、至近距離に迫ってくるからである。

それも逞しい肢体を惜しげもなく晒して。

せめて前を隠してくれ。いや、自分にも何か上からかけてほしい。もうビッチョビチョの
布で構わないから、どうかお願いである。

ジュリアは心の底から願ったが、悲しいことに祈りは届いてくれなかったらしい。

涙が滲んだ目尻を、武骨な指先が撫でてゆく。ただでさえ火照った肌が、更に熱を帯びた。

熱くて、蕩けてしまいそう。いや、火傷しかねないほどの滾《たぎ》ったうねりが湧き起こる。

思わず漏らした吐息は、濡れた響きを伴っていた。

「……ぁ」

こぼれた声が、自分のものだとは信じられない。

あまりにも卑猥で、掠れ方さえ『女』そのものだったから。ジュリアがこれまで一度も意識しなかった、自分の中の『女』の部分。それが、いとも容易《たやす》く抉《えぐ》り出された。

「や……今のは」

「──……ジュリア、私の勘違いでないのなら、貴女に触れる許可をもう取る必要はないと思っていいのだろうか？」

「……え？」

それはどういう意味だろう。

のぼせた頭では彼の言わんとしている意味が汲み取れず、微かに触れたままのリントヴェールの指先に意識のすべてが持っていかれる。

泳いだ視線は、最終的に彼の瞳に引き寄せられ搦《から》め捕《と》られた。

「あの……？」

「地下道で、私だから余計に心配だと言ってくれたな。あれは、特別に想われていると自惚《うぬぼ》れてもいいのだろうか？」

──それを、今聞く……？

野外で互いに全裸の、この異様な状況で。

しばしポカンとしたものの、よく考えれば今しかない気もした。

この先ジュリアたちが無事に目的地に辿り着ける保証はなく、改めてこんな話題を持ち出せる余裕があるかも判然としないのだ。

次はいつ、ゆっくり話せるか不明だ。平穏な日常は、いとも簡単に壊される。次の瞬間には根底から覆されているかもしれない。

暴漢に襲われる可能性もあるし、火事で焼け出される危険もある。

だとしたら『いつか』や『次の機会』に期待する方がどうかしていた。

あるのは常に『今』だけだ。

それがなりゆきで素っ裸という、よくわからない状況だとしても。

「——教えてほしい、ジュリア。私は期待してもいいだろうか」

「わ、私こそ……リントヴェール様の迷惑になりませんか……？」

煩わしく思われるくらいなら、永遠に気持ちを打ち明けるつもりはない。人知れず枯れさせた方がいい。

そうジュリアは決めていたのに、今の彼の言い方では希望を持つなという方が無理だった。

心の中に、灯が点《とも》る。

もしかしたら——と甘い疼きが広がっていった。

心臓が、内側から激しく胸を叩く。駆け巡る血潮の音が煩い。

リントヴェールの返答を聞き逃すわけにはいかないのに、己の身のうちからの音が騒音となってジュリアの邪魔をした。

「迷惑になどならない。私は——貴女を……選びたい。すべてが解決した後も、傍にいてくれないか」

不器用な告白は、『愛している』とか『恋しい』などという直接的なものではなかった。言葉だけ受け取れば、様々な意味に解釈できる。

恋人として求められたとも言いきれない曖昧な表現。それでも——見つめ合った瞳に揺らぐ熱量、真剣な声音、緊張した身体——それらのすべてが、揺るがない一つの意味を指し示していた。

「私で……いいのですか？」

「貴女がいい。ジュリア以外は、いらない」

身体の芯から震えが走る。痛みに似た衝動が指先まで痺れさせた。

真上から覗き込んでいた彼の顔が少しずつ近づいてくる。あと少し。もう少しで触れてしまう。

ジュリアはごく自然に瞼を下ろした。

——あ……柔らかくて温かい唇……

筋肉質な身体が硬いから、てっきり唇もそうなのかと思っていた。

しかし違ったらしい。驚くほどふわりと重ねられた唇は、とても柔らかい。触れ合った場所が蕩けてしまいそう。

ジュリアが生まれて初めて交わしたキスは、温泉の味がした。

指を絡めて深く手を繋ぎ、うっとりと夢見心地になる。抱きしめられると、恍惚《こうこつ》感で満たされた。

――知らなかった……好きな人にくっつくと、こんなに気持ちがいいものなんだ……

それも想いが通じ合った今なら、なおさら。

あまりの心地よさに、ジュリアは喉を戦慄かせた。

――ずっとこうしていたい……ん？　でも今私、裸だったよね……？

唐突に思い出した事実に、背筋が冷えた。

現実を取り戻した要因は、彼の手が妖しく蠢いたためだ。

草の上に横たわったジュリアの身体を、そっと撫で下ろされる。腕から指先にかけて。そして脇腹から腰に向け、形をなぞるように。

やや圧をかけた触れ方は、どこか淫靡《いんび》な気配を秘めていた。

「リ、リントヴェール……様？」

いつも冷静で、火災に巻き込まれた時も戦闘になった際も動揺していなかった彼の呼吸が乱れている。

忙しくなった吐息は無垢《むく》なジュリアにもわかるほど、劣情が隠せていなかった。

「ジュリア……」

ずくんと下腹が鈍く疼く。

今まで感じたことのないむず痒《がゆ》さが身体の奥深くからジワジワと広がった。

絡まり合った視線が釘づけになって、瞬きもできない。

ジュリアは覆い被さる男を見上げ、見知らぬ衝動に誰よりも驚いた。

自分の身体の反応が、理解も制御もできない。ゾクゾクとした愉悦が滲むだけ。

これまでに培ってきた常識や貞節が押し流され、甘い匂いに頭も心も支配された。

「……貴女に、もっと触れさせてくれ」

触れる許可ではなく懇願。これまでとは違うリントヴェールの言葉に酔いしれる。

何も、考えられない。理性よりも本能に従って、ジュリアは微かに頷いた。

「……ぁっ」

搔き抱かれるとはきっと、こういう時のために使う言葉なのだろう。

苦しいほどの力で抱きしめられ、ジュリアの背がしなる。互いの胸が密着し、ささやかな膨らみが彼の胸筋に押し潰された。

唇だけでなく額や頬、瞼に耳まで、数えきれないほどの口づけを受ける。その合間に鎖骨を撫でられ、耳孔に息を吹きかけられて、ジュリアはか細い悲鳴を漏らした。

「や、あ……っ」

「ジュリア、綺麗だ」

低い美声を注がれて、腰が疼いた。

大きな掌に乳房を揉まれ、恥ずかしいのに気持ちがいい。自分で触れても何も感じないそこは、リントヴェールの手に触れられていると思うだけで、極上の快楽を運んできた。

「あ……駄目……っ」

「赤く硬くなってきたのに？」

「声が……出てしまいます……っ」

それも、信じられないくらいいやらしい声が。

ジュリアは漏れ出そうになる喘《あえ》ぎを、咄嗟に手で押さえた。

「むしろ聞かせてほしい」

勃《た》ち上がった乳頭を見せつけるように撫で回され、ジュリアの全身が真っ赤に上気する。

胸の頂が、淫猥な色に染まり、存在を主張した。

温泉でのぼせた時とは微妙に色が違う。もっと淫らで艶めいたもの。

すっかり芯を持ったそこに舌を這わされ、もう声を抑えられなかった。

「ああっ……」

「ああ、可愛い」

どこか獰猛な響きで言われ、嚙みつくようなキスで呼吸を奪われた。

先ほどの柔らかさを感じた口づけとは比べものにならない、荒々しいキスに翻弄される。

ジュリアが息苦しさから無意識に首を振って逃げようとすると、更に深く情熱的に貪られた。

「ん、ぁっ……ふ、んんッ」

舌を捻《ね》じ込まれ、口内を擽られる。歯列を辿り上顎を舐め、粘膜を絡め合わす舌に、初心者のジュリアがついていけるはずがない。すぐに息をする間を見失い、酸欠状態に陥った。

——く、苦しい……っ
ひとまず彼の背中をバンバンと叩いたが、そんな抵抗はリントヴェールにとって虫にたかられた程度のものでしかないようだ。まったくものともせずに、激しい口づけは続行された。

「ん……っ、んんーッ、ぷはぁっ」

およそ乙女らしくない形相で息を継ぎ、ジュリアは唇が解かれた瞬間に何度も酸素を取り込んだ。

キスとは、甘さもあるが体力が必要なものでもあったのか。

噂に聞いていたものと、少し違う。

——エレインさんは『最高の娯楽』だと言っていたのに、これではまるで格闘技では……？

「あ、あのリントヴェール様、お手柔らかに……」

「ジュリア、あまり可愛い姿を見せて、私を誘わないでくれ。理性が保てなくなる」

「はい……？」

自分はただ、物慣れない口づけでもがき、息も絶え絶えになったのみ。それなのにどうして、彼は潤んだ瞳で情熱的にこちらを凝視してくるのだろう。

しかも手の甲で濡れた唇を拭う仕草は、筆舌に尽くしがたいほどの色香を纏わせていた。

「……っ」

得体の知れない危機感を察し、反射的にジュリアの身体が強張る。するとリントヴェールは悪辣な形に唇の端を歪《ゆが》めた。

ひょっとすると微笑んだつもりなのかもしれない。しかし笑顔と呼ぶには不穏すぎて、ジュリアはつい及び腰になってしまった。

どこまでも紳士だった彼とは何かが違う。身の危険をヒシヒシと感じる。骨も残さず喰らわれる予感に、ジュリアは戸惑うことしかできなかった。

「……私は、逃げられると追って捕らえて喰らいたくなる質なんだが、貴女はすべてわかった上で試しているのか？」

「え……試していませんし、その前に何だかおかしな単語が入っていませんでしたか？」

追って捕らえたくなるまではわかる。共感はできないけれど、理解はできた。

だがその後の『喰らいたくなる』はどういう意味だ。

冗談として笑い飛ばすには彼の目が据わっていて、ジュリアは肌が粟立《あわだ》つのを止められなかった。

しかもそれは怯えだけが原因ではないから厄介だ。

恐れと共にある、僅かな興奮。心が震え、ざわめいて期待が膨らむ。

まるでリントヴェールの劣情に引き摺られているよう。ジュリア自身も、体内で滾る熱を持て余していた。

「何……これ……っ」

性的な知識はないに等しい。そういったものと関わることなく今まで生きてきた。それで不自由を感じたことがなかったせいだ。

けれど今は、自分の身のうちで暴れる衝動の名前を知りたかった。

未知の感覚を恐れながらも欲する矛盾。眼前の男に触れたい、触れてほしいと願う渇望。

色々な思いが一緒くたになってジュリアの中で暴れている。

甘ったるい匂いが思考力を奪い、『早ク手ヲ伸バセ』とせっついた。

「……ぁ、んっ……」

尖った乳嘴《にゅうし》を舐められ、ふしだらな声が一層濡れた。

唾液をたっぷり塗《まぶ》されたせいで、胸の飾りがてらてらと濡れ光る様は、控えめに言っても目の毒でしかない。

鋭敏になった肌は、彼の指先が滑る度に快楽を拾ってしまった。

ただ皮膚の上を移動しただけ。それなのに短く切《き》り揃《そろ》えられた爪の形までがまざまざと伝わってきた。

——視覚ではなく触覚により何をされているかがわかるなんて、酷く淫靡だ。

ぎゅっと目を閉じても、鎖骨に吸いつかれたことや乳首に軽く歯を立てられたこと、それに内腿《うちもも》をねっとりと撫でられたことがはっきり感じられた。

「や、……アッ」

ゾワリと全身が総毛立つ。

搔痒感《そうようかん》とも違うもどかしさが快感だとジュリアが悟るには、しばらくの時間が必要だった。

切なさに似た欲求が胸中を去来する。

淡い接触が物足りなくなって、『もっと』と世迷言《よまいごと》を吐いてしまいそうな自分が怖い。

手練手管など一つもないはずなのに、早くしてほしいと急く思いがあった。

「ジュリア、足を開いて」

普段であれば絶対に聞き入れないお願いも、甘い誘惑にしか聞こえない。

いつものジュリアなら、『冗談』と見做《みな》して本気で耳を傾けはしないに決まっている。

それなのに柔らかな命令に抗えず、ジュリアはおずおずと両踵を左右に滑らせた。

リントヴェールの美声を耳に注がれると、逆らえない。

拒む気が根こそぎ奪われ、どんな無理難題であっても従いたくなるのだ。

「いい子だ」

理由は簡単。彼が喜んでくれるから。

いつもは真顔であることがほとんどなのに、極上の笑みを向けられて胸が高鳴る。

この人にもっと笑ってほしい。自分の虜《とりこ》になってもらいたい。

求められ、奪われたいと願い、ジュリアはいやらしく足を開いた。

内腿を外気が撫でる。見上げた空は突き抜けるような青空。ここが屋外だとわかっていても止められない。

鳥の鳴き声も、葉擦れもどこか遠く響いて、ジュリアの耳が拾うのはリントヴェールの声だけだった。

「ジュリア」

「……っ、ぁ、ん……」

足のつけ根に忍び込んだ彼の指先が、淫裂をなぞる。

ピタリと閉じた花弁が初めての刺激に戦慄いた。

「んん……っ」

「たっぷり解さないと、貴女に苦痛を味わわせてしまいそうだ」

「あ、あッ」

ゆったりと上下していた指の先端が泥濘《ぬかるみ》に沈められた。そこは、何物も受け入れたことがない場所。

肉洞が引き攣れて、異物に慄《おのの》く。痛みを感じ、ジュリアはつい顔をしかめた。

「痛いか？」

「あ、あの、少し……」

素直に首肯すれば、リントヴェールのキスが額に落とされた。

「失礼。気持ちが焦ってしまった」

「でも大丈夫——えっ、ちょ、待っ……！」

これくらいなら耐えられる——そう告げようとしたジュリアは直後に目を見開いて悲鳴を上げることになった。

何故なら彼が突然下にずり下がり、こちらの太腿を抱えて、秘めるべき場所に舌を伸ばしたからだ。

「リ、リントヴェール様っ……んぁッ」

大慌てで彼の頭を押さえ込み阻止しようとしたが、僅かに間に合わなかった。

指よりも柔らかく滑る舌に、敏感な花芯を舐められる。

神経が集中したそこは、たちまち絶大な快楽を拾った。

唾液をたっぷりと纏った舌がグネグネと動き、膨れた肉粒を弾き押し潰す。

「あ、ああッ」

嫌なのに、気持ちがいい。

いくら身を清めた直後だとしても、ジュリアにとってそこは他者に見せる場所でも、ましてや舐められる場所でもなかった。

隠さねばならない恥ずかしい箇所を晒して、腹を波立たせる。

リントヴェールの手がジュリアの太腿に食い込む勢いで拘束してくるため、逃れられない。

精々身を捩《よじ》るのみ。それさえ誘うように腰をくねらせているのと大差がなかった。

「ひ、ぁ、あッ、やぁ……！　駄目、です……っ」

「こんなに愛らしくここを膨らませているのに？　それに大量の蜜が溢れてきた」

「ふぁっ」

慎《つつ》ましさをなくした花芽を二本の指で摘まれ、ジュリアは全身を強張らせた。

末端まで愉悦が走り、爪先が草の上で丸まる。

木陰を作ってくれている樹々の隙間から眩しい陽光が降り注ぎ、一瞬自分がされていることを見失った。

誰もいない野外で肌を晒し、淫靡な戯れに溺れている。

相手は出会って間もない人。それなのに心と身体が引き寄せられる。失いたくないと強く願い、羞恥は押し流された。

相手が彼ならば、場所も時間も関係ない。望んだ時に、手を伸ばせばいい。

絶対に手放せない人を前にして、足踏みする理由はなかった。

「ぁ、ひァっ、んん……っぁッ」

「素直な身体だ。ジュリア、もっと乱れてくれ。――ああこの匂い……やはり間違いない」

熱心に淫芽を弄っていた彼が、目尻を朱に染め恍惚の表情で呟いた。

青い双眸に劣情が揺らぐ。さながら飢えた獣そのものの眼差しで、リントヴェールは再びジュリアの足のつけ根に顔を寄せた。

太腿を擽る銀糸の髪。汗ばんだ肌から立ち上る甘い香り。互いの体臭が混ざり合い、一層濃く匂い立つ。

思考を鈍らせ、感覚を鋭敏にする、あの香りが。

「あ……ッ」

やめて、と制止の言葉は喉に絡んで出てこなかった。

それよりも圧倒的な快感に何もかもが呑み込まれる。

「あぁっ、や……ぁ、あんっ」

肉粒を甘噛みされ、口内に吸い上げられて、唇で圧迫される。舌全体で撫で回され、喜悦の水位が飽和した。

何をされても気持ちがいい。多少強くされても、もはや悦楽しか感じない。

ジュリアは四肢を痙攣《けいれん》させ、初めての絶頂に達した。

る。

「アああッ」

ビクリと跳ね上げた腰は逞しい腕に囚われて、淫らにも局部を自ら彼に押しつける形になる。

それを恥ずかしいと感じる余力もなく、ジュリアは乱打する心音を聞いた。

体内から飛び出さんばかりに心臓が暴れている。打ち鳴らされる鼓動は、かつて聞いたことがないほど速い律動を刻んだ。

どこからか湧き上がる『早ク欲シイ』と貪欲で淫らな欲求が一段と大きくなった。

「ジュリア。……ああ、クラクラする」

前髪を掻き上げたリントヴェールから凄絶な色香が放たれる。

視界に収めるだけで、ジュリアの下腹が激しく疼いた。蜜路がきゅうきゅうと切なく収斂《しゅうれん》し、知らないはずの充足感を求めてやまない。

無意識に伸ばした手は、彼が握り返してくれた。

「……全部、丸ごと喰らいたい」

耳元で囁かれた声は、不明瞭に掠れている。それでもジュリアの耳から忍び込み、内側に爪を立てられた気がした。

「いい……ですよ……」

自らの足を彼の肌に擦り寄せた自分は、随分大胆だ。

いつものジュリアなら、絶対にあり得ない。けれど今は、それが正解だと思った。

もうこんな機会は訪れないかもしれない。あったとしてもいつになるのかわからない。

既にこんなにも飢えているのに、遠い未来のことなど考える余裕はなかった。

今この瞬間、リントヴェールが欲しくて堪らない。

彼と触れ合うこと以外は、何もかもが後回しになった。

「あ、あ……っ」

蜜口を出入りする指が、ゆっくり奥を探り出す。ピリピリと引き攣れる痛みはもうなく、粘膜を弄られる淡い快楽が生まれた。

「……ぁ……っ」

「先ほどより、柔らかくなった。でもまだ狭い」

「ひ、あッ……」

ジュリアの膝が緩むと同時に指の本数が増やされた。

二本になった彼の指が、熟れた蜜襞《みつひだ》を擦り上げる。無垢な肉洞は慄きながらも、歓喜して愛蜜を滴らせた。

「早く、中に入りたい」

「リントヴェール様……っ」

唸《うな》りに似た声で吐き出され、ジュリアは滲んだ涙を瞬きで振り払った。

淫らな衝動が大きくなる。

蜜洞を摩擦され、水音が掻き鳴らされた。溢れ出た潤滑液がジュリアの太腿を濡らし、幾筋も卑猥な線を描いてゆく。

粘着質な滴に塗れた彼の指は、更に滑らかかつ淫猥に蠢いた。

「ああっ」

快楽を教えられた淫路の中でも特に鋭敏な部分を擦り上げられ、ジュリアは再び高みに押し上げられる。

繰り返し押し寄せる波に上手く息が継げない。

汗が玉を結び、肌を伝い落ちる。

吐息が震え艶を帯び、潤んだ視界を瞬けば、ギラギラとした男の瞳に縫い留められた。

——あ……

いつも冷静な色をしていた碧眼《へきがん》が、獲物を狙う獣めいた光を放つ。

仄暗い輝きは、ゾッとするほど鋭く同時に激しい渇望を訴えていた。

「——すまない、ジュリア。もう我慢できない。一刻も早く、貴女が欲しい」

すっかり濡れそぼった陰唇に硬いものが押し当てられた。それが何であるか悟れないほど、ジュリアも鈍くはない。

喉が震えたのは、未知の恐怖に怯えたから。それからもう一つ。狂おしい願望が叶《かな》えられる予感に歓喜したためだった。

「辛かったら、私を引っかいても噛みついてもいい。──だが途中でやめてはやれない」

「……ぁ、あっ」

長大な質量が、ジュリアの花弁を割り開いた。ずずっと淫靡な音を立て、リントヴェールの楔《くさび》が押し込まれる。

あまりにも大きすぎる直径は、到底受け入れられるものとは思えない。

身体が真っ二つに裂けてしまうのではないかと案じ、ジュリアは反射的に身を強張らせた。

「や……っ、無理……っ」

「大丈夫だ。──息を吐いて、力を抜け」

呼吸の仕方もわからないのに、脱力の方法など忘れてしまった。

手も足も、顎も指先までぎちぎちに力が籠もる。瞼を押し上げることもできないジュリアは、幼子のように首を左右に振った。

「駄目ぇ……っ」

腹の中が熱い。火傷してしまいそう。熱した金属を挿し込まれたかのよう。

もうやめて、と叫ばないため必死だった。

痛い。それも、これまでの人生で意識すらしたことがない部分が。先ほどまでの快感は消え失せて、もはや激痛しか感じられない。

けれども彼を拒みたくない一心で、ジュリアは唇を嚙み締めた。

「――駄目だ、傷がつく。貴女のすべては私のものになるのだから、勝手に傷を負うことも許さない」

執着を窺わせる台詞に、束の間痛苦が遠退《とおの》いた。

下唇を男の指でなぞられ、嚙み締めていたジュリアの顎が緩む。その隙に深く長く口づけられた。

「……っ」

ジュリアの舌が啜《すす》り上げられ、粘膜がねっとりと絡んだ。

唾液を混ぜ合い、互いに嚥下《えんげ》する。呑み下しきれなかった滴は、口の端からこぼれ落ちた。

「……は、ぅ……ッ」

「この唇は勿論、髪の毛一本、血の一滴まで……全部私のものだ」

鍛え上げられた肉体を汗が伝い、ジュリアに降り注ぐ。

彼が淫猥に舌を蠢かせるから、視線が釘づけになった。赤い舌が酷くいやらしく唇を舐め、見せつけるように胸筋が上下する。

男の上気した肌は艶めかしく、目を逸らすことはできなかった。

「もう逃がさない」

「あ、あッ」

大きな手に腰を摑まれ、リントヴェールがぐっと上体を倒す。

下肢の痛みが強くなり、ジュリアは息を呑んだ。

隘路《あいろ》を突き進む彼の剛直。肉壁を掻きむしりながら奥を目指して押し込まれる。

だがもう唇を嚙み締めることは叶わない。何故なら彼に深くキスをされ、顎から力を抜かざるを得なかったからだ。

「ん、んん……っ」

みっともないほど大きく足を開かされて、その間にリントヴェールが陣取っている。

しなやかな腰つきで貫かれ、結合が深くなる。

仰け反った拍子にジュリアの髪が草の上で乱れた。

「あ、ぐ……」

体内が苦しい。痛みで意識が遠退くのに、手放すこともできない。

生々しい感触で身体を抉《こ》じ開《あ》けられ、ジュリアはボロボロと涙をこぼした。

「……は……っ、貴女の中に私がいるのがわかるか？」

滾った息を吐き出して、彼がジュリアの下腹を撫でる。その手つきは淫靡で、まるで外側から己の存在を確かめるかのようだった。

二人の腰がピタリと重なっている。

すべてを呑み込めたのだと悟り、ジュリアはようやく肺を震わせた。

「これで……終わり、です……か？」

「そうしてやりたいのは山々だが……私は自分で思うよりも、忍耐力がなかったらしい」

「ぁ、あッ」

リントヴェールの屹立《きつりつ》がジュリアの中で更に大きくなる。もう限界だと思っていた肉洞が一層押し広げられ、ジュリアは息苦しさに喘いだ。

「やぁ……何で大きく……っ」

「――そういう誘い方は、余計に私を狂わせる」

「誘ってな……っ、ぁ、あぅっ」

一度抜け出ていった肉槍が、勢いよく叩きつけられ最奥を抉られた。

あまりの衝撃でジュリアの爪先が宙を踊る。咄嗟に上へ逃れようと身をくねらせれば、強引に引き戻された。

「私から離れるな」

「ち、違……っ、ぁ、ああッ」

荒々しく動かれて、ジュリアの身体が上下に揺さぶられた。

草の匂いが強くなる。激しく動いたから身体の下で潰れたのかもしれない。

しかしそんな青臭さを凌駕《りようが》して、甘い香りが纏わりついた。

その香りをひと嗅ぎするごとに、ジュリアの痛みは和らいでゆき、代わりに快感が増す。

両足を抱え上げられ、姿勢を二つ折りにされ深く貫かれても、悦楽の方が勝った。

「……ぁ、あうっ、ひぁ、ぁああ……ッ」

「ジュリア、もっと声を聞かせてくれ」

「ぁひ……ッ」

繋がったまま抱き起こされ、ジュリアが下ろされたのは胡坐《あぐら》をかいたリントヴェールの足の上だった。

自重で深々と刺し貫かれ、眼前に星が散る。

内臓が押し上げられ身悶えすれば、蜜窟がふしだらに蠕動《ぜんどう》した。

「……ぁあ……っ」

「貴女は軽いな。だがどこもかしこも柔らかくて、ずっと触っていたくなる……」

「や、あ……っ、そこ、駄目……っ」

正面から向かい合ったことで、ジュリアの乳房が彼の目の前に曝《さら》け出《だ》された。

すっかり尖り熟れた頂を舐め味わわれ、新たな愉悦が刻まれる。

尻を摑まれ前後に揺さ振られては、リントヴェールの繁《しげ》みにジュリアの花芽が擦られ、得も言われぬ快感が湧き起こった。

「んぁ、あ、ぁんっ」

下から突き上げられる度、淫蕩《いんとう》な声が抑えられない。だらしなく口を開けたまま、ジュリアは彼の身体に縋りついた。

「あ、ぁ、深い……っ、壊れちゃ……っ」

「壊しはしない。——まだ」

「ひぁあッ」

一際強く穿《うが》たれて、ジュリアは勢いよく弾んだ。そのまま繰り返し深く、浅く隘路を抉られた。

掻き出された蜜液がじゅぶじゅぶと卑猥な音色を奏で、泡立って白く濁る。

ひっきりなしに揺さ振られたせいで、焦点が定まらない。純潔を失ったばかりの身体には激しすぎる交合が、ジュリアにとめどなく涙を流させた。

「も……っ、無理……っ」

「足りない。やっと、見つけたのに……っ」

「んぁあっ」

腹の奥を叩かれ、悪戯な彼の指に後孔を弄られる。それすら快楽の糧となり、ジュリアとリントヴェールはぐちゃぐちゃになって絡み合った。

「あァッ、ふ、ぁ、あああっ」

顔中に降るキスと舌での戯れのせいで、頬を濡らすものが汗か涙かそれとも唾液かまるでわからない。

濡れた肢体を互いに擦りつけ合って、快楽を貪るだけ。

一つに戻ろうとするかの如く、ジュリアはリントヴェールを呑み込んだ蜜路に力を込めた。

「……っく、どこでそんな手管を覚えた？」

ジュリアが生娘であったことは彼が一番よく知っているはずなのに、青い双眸に揺らぐ焔は、紛れもなく嫉妬の色だ。

嘘でも他の男の影を匂わせれば、今すぐ喰い殺されてしまいそう。

涙目で首を振ったジュリアは、舌を伸ばすことを促された。

「……っん、ぷぁ……っ」

上も下もわざと水音を立て、淫らに求め合う。

獣じみた交わりは、開放感のせいかもしれない。

緑の中で四肢を絡ませ、汗塗れになって睦み合い、相手だけを視界に収めた。

「アっ、あ、あ……リントヴェール様……っ」

理性も常識も引き剝がされ、ジュリアは淫靡に踊った。

快楽に支配され、夢中で腰を振る。無垢だった乙女はもはやどこにもいない。

いるのは、『自分の男』を虜にしようとする淫らな女だけだった。

「……っく、ジュリア」

「ひ……ぁあっ」

強く抱き込まれ、もう何も考えられない。

大きな悦楽の波がやってくる予感がして、ジュリアは彼の背中に回した手に、思い切り力を込めた。

振り落とされまいとして、両足も絡める。

ずん、と脳天に響くほど突き上げられ、全身が不随意に戦慄いた。

「ぁあっ」

これまでとは比べものにならない愉悦に、音も景色も消え失せる。

体内にある楔を締めつけ、ジュリアは真っ白な世界に飛ばされた。

蜜襞がリントヴェールの剛直を扱《しご》き、精を強請る。一拍遅れて彼のものがジュリアの中で一気に爆ぜた。

「……っ」

内側を濡らす熱液に、更なる高みへ連れ去られる。

あまりの喜悦に息もできない。

ビクビクと痙攣するだけのジュリアはやがて、くったりと彼に寄りかかった。

「……ぁ、ん……」

「ジュリア……」

初めて立て続けに快楽を極め、疲れきった意識が急激に薄れてゆく。

揺るぎなく包み込んでくれる腕が、気持ちいい。温かくて安心する。

リントヴェールの手がジュリアの縺れた髪を丁寧に梳き、汗で肌に張りついた前髪を横に流してくれた。

その際、首筋に硬いものが押しつけられたのは気のせいだろうか。

「……？」

重くなった瞼を押し上げ、霞む視界で捉えれば、ジュリアの首に彼の唇が押し当てられている。

いや、思いの外鋭い歯を立てられていた。

「え……？」

逡巡はほんの数秒。

そのまま皮膚を突き破りそうだったリントヴェールの顎から、力が抜ける。

名残《なごり》惜しげに彼は、今まさに噛みついていた場所に舌を這わせた。

「やっと見つけた。私の……つがい」

――つが、い……？　何？　それ……

あまり聞いたことがない言葉。どんな意味だったか、咄嗟に思い出せない。それよりも、今の行為はいったい何だったのか。

不思議な光景を最後に、ジュリアの意識は夢の中に転がり落ちていった。

4　疑心

「荷物は重くないか？　身体が辛ければ、負ぶってやる。休憩が必要なら、言いなさい。水は充分飲んだか？」

「いえ、あの……大丈夫です」

服が乾き次第、ジュリアたちは出発した。

靴はやや湿っているが、仕方ない。歩いていれば、天気がいいのでそのうち乾くだろう。

山中は起伏が激しく難所もあるものの、順調に目的地に向かい進んでいた。

問題は——リントヴェールのジュリアに対する過剰な気遣いが、大爆発していることである。

以前から色々と気にかけてくれてはいたものの、ここまでではなかった。

こちらが大きく息を吸う度に荷物を軽くしてくれ、少しよろめいたかと思えば手を取ってくれる。更に額の汗を拭えば、甲斐甲斐しく水を飲ませようとしてくれた。

しまいには負ぶって運ぶと言いだす始末。流石にそれは、断固拒否したが。

「水は先ほど飲みましたし、結構です。それよりもリントヴェール様が飲んでください。私、自分の荷物は持てますよ……」

今やジュリアはほぼ手ぶらである。

いくら『平気だ』と言っても彼が納得せず、どんどん持ち物を減らしていくからに他ならない。当然、それらすべてはリントヴェールが代わりに持ってくれているわけで――

「心配してくださるのは嬉しいですが、本当に大丈夫です」

「いや、初めての貴女に無理をさせた。責任は、私にある。だから許されるなら是非抱き上げてジュリアを運びたいくらいだ」

「……それはちょっと、足元も危ないので、ご遠慮したいです……」

肌を重ねてジュリアが眠りに落ち、目覚めた後に再び抱き合った。まるでそうするのが当然かのように、どちらからともなく手足を絡めずにはいられなかったのだ。

頭の片隅では、一刻も早く出発しなくては――と冷静に考える自分がいたけれど、理性の声はあまりに小さく、本能に嘲笑《あざわら》われ消え失せた。

結局、流されるままもう一度睦み合い、諸々の汚れを温泉で洗い流してから、改めて出発となったのである。

そんなこんなで予定がずれ、日が落ちるまでに可能な限り距離を稼ごうと必死に歩き続けているのだが――とにかくリントヴェールがジュリアに対し過保護で困ってしまう。

「――女性は破瓜《はか》したばかりは辛いと聞く」

「そ、それは否定しませんが、見て見ぬ振りをしてくださいっ」

確かに口にするのが憚《はばか》られる場所が痛い。腰は怠《だる》いし、股関節がギシギシ言う。背中も擦れたのか、違和感があるのは否めない。

だがしかし、配慮されすぎるのも恥ずかしくて居た堪れなかった。

「私のことを思うなら、話題にしないでください……！」

荷物を肩代わりしてくれただけで充分だ。それに、歩く速度を落としてくれていることもわかっている。

故に、股の痛みを心配される方がジュリアにはよほど辛かった。

「だが、男として女性を気遣うのは当然のことだ。まして私自身が原因なら――」

「げ、原因なんて言わないでください。それに、リントヴェール様のせいではありません。私だって、望んだことですもの……」

二回戦を拒まなかったことだって、ジュリアの選択だ。

つまりこれは、どちらか一方だけが悪い話ではない。互いに望んで、選んだこと。だから責任を感じてほしいなんて、これっぽっちも思っていなかった。

「だいたい大袈裟ですよ、リントヴェール様。私は頑丈なんです。この程度で音を上げたりしません。それとも高貴な方は、女性への気遣いも完璧なのでしょうか？」

「――私たち一族は――自ら選んだ伴侶を至宝として大事にする。それこそ掌中《しょうちゅう》の珠《たま》として、飾らんばかりに。出会えたことそれ自体が奇跡に等しいと知っているからだ」

「し、至宝？　奇跡？」

冗談めかして言ったつもりなのに、随分大仰な返事がきて、ジュリアの方が驚いた。

やはり上流階級に属する人の考え方はよくわからない。若干引きながらも、自分との差を感じずにはいられなかった。

——育ちの差なのかな……私の村では女は貴重な働き手だもの。飾るなんて発想はないよ……

彼の生きる場所は、ジュリアにはあまりにも遠い。

勢いで身体を重ねたところで、将来を誓い合うのとはまた別の話だ。この関係に未来はないのだと思い至り、別離の予感にチリチリと胸が痛む。

——私の、馬鹿……

それでも後悔はしていない。あの瞬間は彼に抱かれたいということしか頭になかった。正解か不正解かも、どうでもよかったのだ。

衝動に身を任せたことが、近い将来ジュリアを苦しめるのかもしれない。けれど——

——リントヴェール様との間に何もなく、思い出の一つも残せない方が私はきっと後悔したはずだわ……

今の自分では、取り戻したい日常が帰ってきたところで、物足りなく感じたはずだ。充実していた生活が色褪《いろあ》せてしまったに違いない。

恋を、知ったために。

これまで見向きもしてこなかった感情が胸に宿ったおかげで、何もかもが変わった。

自然は殊更美しく見えるし、食べ物が美味しい。あらゆる事象が輝いている。

命懸けの逃亡生活の最中なのに悲愴感《ひそうかん》で潰されないのは、彼が隣にいてくれるからに他ならなかった。

ドキドキとときめく鼓動は正直だ。自分が今、生きているとこの上なく鮮明にする。

高揚感を伴うこの胸の高鳴りは、一生忘れたくないと思えた。

——間もなく終わってしまう恋だとしても……その時までは、この気持ちを大事にしたいな……

「——ジュリア、今夜はこの辺りで野宿しよう。丁度よく樹々が繁っていて、万が一雨が降っても濡れずに済む」

「あ……はい、リントヴェール様」

物思いに耽《ふけ》っていたジュリアは、彼に呼び止められ頷いた。

周囲を見回せば、草花が生い茂り地面が柔らかい。横になっても、身体が楽そうだと思えた。

「それでは早速火を熾《おこ》して……」

「ランプの油が残っているから、必要ない。あまり痕跡を残したくはないしな」

焚《た》き火を熾せば遠くから視認されやすくなる上に、どうしても人がいた痕跡が残ってしまう。

追手の追跡を躱《かわ》すためには、火を熾さない方が得策だった。

しかしランプだけでは山の夜はあまりにも心許ない。

町中なら多少の明かりがあるけれど、ここでは完全に日が落ちれば、伸ばした指先さえ闇に覆われてしまうだろう。危険だ。それだけでなく、他にも警戒すべきことはあった。

「でも、獣避けのためにも火はつけておいた方がよくありませんか?」

この山に危険な動物が生息しているかどうかジュリアは詳しく知らないが、用心に越したことはないと思う。

殺人者に殺されるのも嫌だが、野生動物に襲われるのもごめん被りたい。

最小限の炎は絶やさないのが安全だと、ジュリアは主張した。

「その心配はいらない。——私がいれば、他の獣は寄ってこない。まして、野生の本能を失っていない獣であれば、なおさらだ」

「……? リントヴェール様がいくらお強いと言っても、それは動物たちには伝わらないのではありませんか……?」

「獣は敵が自分より上か下か、即座に嗅ぎ分ける。それができないのは、人間くらいだ。あとは人の社会に馴染み野性をなくした獣人たちだな」

「そういうもの、ですか？」

達人なら、目を見ただけで相手の強さを察するというやつだろうか。

「はぁ……何事も極めた方々はすごいのですね……凡人には想像もつきません」

「だから安心して休むといい。食事はこれを」

大人が二人、横になれるくらいの大きな布を広げた彼が荷物の中から取り出したのは、湖付近でリントヴェール自身が捕った兎《うさぎ》と鳥の丸焼きだった。

ジュリアが疲れ果てて眠っている間に、罠をしかけて捕獲し、火を通したらしい。それを、手際よく切り分けてくれた。

「あ、ありがとうございます……」

「木の実や果実もある。どちらも自然に生《な》ったものだから、酸味や渋みが強いかもしれない」

「い、いいえ。どれも美味しそうです」

至れり尽くせりである。

一瞬、『ピクニックに来たのかな？』とジュリアの頭が混乱したほど、次々と沢山の食べ物が目の前に並べられた。

早朝に宿を発《た》ったのに、しっかりパンを準備してもらっていたことにも驚きだ。

「いつの間にこんなに……」

「貴女が眠っている間と、道中目についたものを採っただけだ」

「それにしても豪華すぎます。私、食事はほとんど諦めていましたから」

「――一族の教えで、大事な女性を飢えさせる男は、甲斐性なしと見做される。それはとても不名誉なことだ」

またもや大袈裟なことを言われたが、ジュリアは曖昧に笑って受け流した。

――きっと厳しいお家だったのね……それとも騎士道精神かな？

どちらにしてもお腹はペコペコだったので、ありがたくいただくことにした。

薄暗くなり始めた山中で二人並んで座り、パンに肉を挟んでかぶりつく。

冷めているし、塩などの味つけはない。肉の獣臭も払拭しきれているとは言えなかった。

それでもとても美味しく感じられる。

前夜に夜店で食べたものと比べれば数段味は落ちるが、リントヴェールがジュリアのために用意してくれたのだと思うと、味の違いなど大した問題ではなかった。

一口ごとに、体内が温もる。心も満たされてゆく。酸味の強い果実が、今は丁度いい。

命懸けの逃避行中なのを本気で忘れてしまいそうなほど、気持ちが浮き立って止まらなくなった。

「酒や果汁を用意できなかったのが、残念だな……」

「水があれば充分です。リントヴェール様も食べてください」

「ああ。――いや……食べさせてくれ、ジュリア」

「えっ？」

初めは、聞き間違いだと思った。

いつも冷静で隙のない彼が、口にする台詞とは到底思えなかったためだ。

出会った当初と口調はさほど変わらないのに、熱っぽい声で言われ、目を見開く。

すると、真顔の美形がじっとこちらを見つめてきた。

「じょ、冗談がお上手ですね……」

「本気だ。私が貴女のために用意した食材を、貴女の手で私の口に運んでほしい」

意味を汲み取り違える余地がないほどはっきりと告げられ、ジュリアの混乱が一層増した。

「え、でも……手が動かせないわけではありませんし……ご自分で……」

「早くしてくれ」

「あの、ご自分で……」

「まだか？」

会話が嚙み合っていない。まるで子どもに駄々を捏《こ》ねられている気分だ。

しかし隣にいるのは、見目麗しい成人男性。それも、ジュリアより年上だろう。食事の介助が必要な人でもない。

にもかかわらず、断固として自分では食べ物を手に取らず、ジュリアに食べさせろと宣《のたま》う。

――これも、リントヴェール様の幼少期に友人がいなかった弊害かしら……っ？

さもなければ、先ほどから何度か話題に上っている『一族』の教えか。

――いや、普通は何も身体に不自由がないのに、大の大人が食べさせてもらうなんておかしいよね……っ？

少なくとも、ジュリアの常識ではあり得ない。

だが彼にとってはごく普通のことである可能性もあった。

何せここに至るまでにも、リントヴェールが少々変わっていて、他者との距離感がおかしいことは嫌というほど思い知った。

――それとも上流階級ではよくあることなの……？　身分の高い方々は着替えや入浴も召使いにさせるらしいけれど……リントヴェール様はこれまでご自分でしてきたはず。食事だって……はっ、そういえば屋台でも口に運ぶことを求められたじゃない。そうよ、私はこの方と改めて一緒の食卓に着いたことはないんだわ……！

宿で用意されたサンドイッチは一人で食べた。

その後の串焼きに関しては、立ち食いだったのでさほど大きな違和感は抱かなかったけれど……考えてみれば、あの時から若干おかしかった。

ジュリアは胡乱《うろん》な瞳で彼を窺う。

静かに待つリントヴェールには、『大人が人に食べさせてもらう』気恥ずかしさなど微塵もない。堂々とした佇まいはいっそ清々《すがすが》しいほどだ。彼の中で疚しい部分が欠片もないからなのだろう。

——リントヴェール様にとっては、これが普通なの……？　でも……

身の回りの世話を下々の者に任せる身分であっても、食事は自分の手ですると思う。赤ちゃんではないのだ。

普段剣を振り回す大男が、自分で飲食できないわけがない。

つまり彼は妙な習慣を『普通』と信じ、これまで誰にも指摘されることなく大人になってしまったに違いない。何たる悲劇。

——ああ、でも長年の勘違いを私が指摘するのは、抵抗があるわ。だってリントヴェール様に恥をかかせてしまうかもしれないし……！

この美丈夫に、『貴方おかしいですよ』なんて告げる勇気はない。それに万が一、特殊性癖だったら気まずいではないか。

「——何故貴女は、私を憐れみの目で見る？」

「えっ、ぁ、いいえっ。と、とんでもない。——あの、どうぞ」

結局ジュリアは彼に真実を告げられず、肉を挟んだパンをおずおずと差し出した。

すべてを明らかにするのは、自分には荷が重すぎる。

しかし微笑んだリントヴェールがジュリアの手から美味しそうに食事するのを見て、『可愛い』と思ってしまった。

無防備で、自分を信じきっているのがわかる。

整った彼の顔に見惚れていたジュリアは、肉汁で濡れた指先を舐められ、我に返った。

「や……っ」

「美味《うま》い。もっと食べさせてくれ」

「は、はい……」

言われるがまま小さな木の実を摘み上げれば、当たり前のようにジュリアの指ごと食《は》まれた。勿論、痛みはない。

だが何度も悪戯に歯を立てられ、ジュリアの頬に熱が集まった。

本当に自分が食べられている気分になる。指の股にまで舌を這わされ、唾液に塗れた己の肌が艶めかしい。

山の日暮れは早い。

太陽が落ち始めると、あっという間に地平線の向こうに沈んでしまう。先ほどまでは茜色に染まっていた空が、今はもう群青色に塗り潰されていた。

「……っ、あの、手を……」

「ああ、あまり美味だから、つい」

最後にリントヴェールの唇がチュッと音を響かせ、ジュリアの手が解放された。

鼓動が、激しく暴れている。さながら手首から先が心臓になってしまったかのよう。焦りすぎて忙しく瞬けば、彼が蠱惑《こわく》的に双眸を細めた。

「……貴女の手から食べると、殊更美味だ」

心音が響いてしまいそうなほど、めちゃくちゃに打ち鳴らされる。

夜になってぐっと気温が下がったのに、火照る熱を感じるのはどうしてなのか。

ジュリアは大いに混乱しつつ、呼吸を整えた。

「あ、あの……ごちそうさま、です」

「もう？　それだけで足りるのか？」

「お腹がいっぱいで……」

正確にはいっぱいなのは腹ではなく胸である。あまりにもドキドキして、これ以上食事が喉を通る気はしなかった。

「そうか。では私もこれでやめにしよう。満腹だと、眠くなって感覚が鈍ってしまう。残りは明日の朝、食べよう」

ではとりあえず今夜は、食べさせてやったり指を舐められたりすることはもうないらしい。どこかホッとしたような、拍子抜けした心地で、ジュリアは詰めていた息を吐き出した。

——明日の朝はまた、わからないけれど……

夜明けを想像すると胸がざわつく。

嫌だからではない。期待している自分がいると気がついているからこそ、狼狽しているのだ。

――私ったら……こんなことを考えている場合じゃないのに……っ

明日はもっと一所懸命歩いて、余計なことを考える余力をなくさなければ。でないと分不相応な希望を抱き、いずれ自分自身が辛くなる。

――『その時』が来たら、リントヴェール様にご迷惑がかからないよう、速やかに身を引かなくちゃ……

だからその瞬間までは甘い夢に浸っていたい。

「夜の山は冷える。――おいで」

仄かなランプの明かりでは、圧倒的な暗闇を払拭することができず、辛うじて物の輪郭が捉えられるだけだ。

けれど彼が大きく腕を広げたことは、ジュリアにもはっきりわかった。

「私に密着していれば、絶対に獣は近づいてこない。――安心して眠りなさい」

引き寄せられるままジュリアがリントヴェールに身を預ければ、彼の腕とマントですっぽり全身が包み込まれた。

温かくて、安心する。うっとりするほど気持ちがいい。

そのまま二人抱き合って、布の上に転がった。

見上げた空には、樹々の間から満天の星が見える。月は間もなく満月なのか、やや歪な円を描き銀色に輝いていた。

「……リントヴェール様の色……」

「え?」

「貴方の髪色みたいで、月が綺麗です……」

ジュリアが寝そべったまま天に手を伸ばせば、彼が頭上を振り仰いだ。

思えば、こんなふうにゆったりと夜空を眺めるのは、とても久し振りだ。

王都に出稼ぎで来て以来、夜は疲れきって眠ることが多かった。それに、田舎よりも夜が明るい町では、星も月も地上の喧騒と煌びやかさに霞んでいたのかもしれない。

それともジュリアの心に余裕がなかったから、空を見上げることすら忘れていただけなのか。

——変なの。今の方がよほど余裕なんてないのに……

殺人者に追われ、逃げ惑っている状態で、まさか夜空を鑑賞する時間があるとは思わなかった。

それもこれも、リントヴェールが守ってくれるとジュリアが信じているから。信頼できる人が隣にいてくれるおかげで、束の間穏やかな心地を取り戻せたのだ。

「……神話では、月を竜神が作り、太陽を獣神が作ったそうです。そうして大地には人が増え繁栄していった……だとしたら互いになくてはならない存在なのに、どうして人間は他種族の彼らを排除しようとするのでしょうね……かつては共存共栄できていたはずなのに……」

「――人は自らと違う存在に敏感だ。自分たちの数が増えるにつれ、『少数派』が恐ろしくなったのだろう。誰だって知らないものは気味が悪い。ましてそれが人間よりも強大な力や長い寿命を持つ生物だとしたら――自分たちの生活を脅かされると感じたのかもしれない」

「ああ……憧れが嫉妬に変わってしまったということですか？」

太古の昔、人は神にも等しい力を持つ竜人と獣人に畏怖の念を抱いていたに違いない。そして、崇《あが》めていたはずだ。

だがそれはいつしか歪みを帯びた。

自分たちの数が増え、勢力が増すにつれ『いつか彼らが人間と袂《たもと》を分かつ』恐怖が心に巣くったとしても、不思議はない。むしろ自然な流れだ。

数で勝っている自分たちが、種として劣っているとは認めたくなかったのでは。

そして種族の違いから理解しきれない齟齬《そご》が、抱く必要のない敵意を増幅させたのだとしたら。

「……悲しいですね。本当は尊ぶべき存在だったはずなのに……」

「――……私は、そんな発想を抱いたことはなかった。人が竜人や獣人に憧れているが故に、わかり合えないなんて……単純に人間は、他種族を嫌っているだけだと思っていた」

心底驚いた声で、リントヴェールが呟いた。

ジュリアは横たわったまま彼に視線を移す。そこには何故か動揺している彼がいた。

「あ、今のは私の勝手な考えですが……でも人間は他種族を嫌っているわけではないと思います。勿論、苦手にしている人はいると思いますけど……それもこれも全部、無知が原因ではないでしょうか。私たちは互いに相手を知らなさすぎる。これでは両者の溝が埋まるはずもありませんね……」

「……ジュリアは……その、……獣人を疎んでいないのか？」

「いません。逆に申し訳なさでいっぱいです。叶うなら、互いを知るための場があればいいのに」

神話の頃のように協力し合って共に歩むことも不可能ではないと信じたい。

文化も考え方も、生態も異なる彼らと、完全に足並みを揃えることは難しい。それでも、諦めてはいけないのではないかとジュリアはこぼした。

こんなふうに思えるのは、エレインと知り合えたせいもある。そして常識の異なる風変わりなこの男と出会い、恋に落ちたからだ。

知らない、わからない、理解できないからと距離を置いていたら、彼らとは親しくなることがないままだった。勇気をもって踏み出せば、世界はどこまでも広がってゆく。

——それに、恋をすると世界はこんなにも鮮やかに色づく。

愛しさが込み上げ、ジュリアは自分を抱き寄せてくれる彼に擦り寄った。

広い胸板に頬を寄せ、自らの腕を引き締まった胴体に回す。ピッタリと密着すれば、得も言われぬ多幸感に満たされた。

「——ジュリア、そんなふうにされたら、私はまた貴女に無茶をさせてしまいたくなる」

男の色香が滴る声音で囁かれ、ゾクゾクと背筋が戦慄いた。

闇の中ジュリアが顔を上げると、劣情を宿した瞳に見返される。至近距離で見つめ合えば、断るなど思いつきもしなかった。

「……いいですよ。リントヴェール様のお好きなように……」

誘惑の仕方なんて知らない。つい昨日までまっさらな処女だったのだ。

それでもジュリアの拙い媚態《びたい》は、充分に効果を発揮したらしい。

了承すると同時に、荒々しく唇を奪われた。すぐに口内に舌を捻じ込まれ、唾液を混ぜ合う淫蕩なキスになる。

ジュリアが懸命に己の舌を伸ばせば、いやらしく絡め合わされた。呼吸する隙間もないほど熱烈な口づけでクラクラする。

陶然と酔いしれている間に、ジュリアの服が乱されていた。

はだけられた胸元に幾度も吸いつかれ、刹那の痛みが刻まれる。優しく乳房を揉まれれば、たちまち頂が芯をもって勃ち上がった。

「……んっ」

闇が濃くてはっきり見えない分、感覚が鋭敏になる。

唾液に濡れた部分がヒヤリとし、彼の指の動きに翻弄された。風の流れも生々しく感じられ、卑猥さに拍車をかける。

「……ぁ」

互いに手探りで服を脱がせ合い、滾る掌を肌に這わせた。

「声を堪えても、どうせ聞いているのは獣と虫くらいだ」

「それでも、恥ずかしいです……っ」

ジュリアは自らの手で口を押さえ、首を左右に振った。

「……貴女は、何をしても可愛いな」

「……っふ、ぁ」

耳朶を食まれて注がれた吐息が、全身に愉悦を駆け巡らせる。

熱くて、火傷してしまいそう。思わず首を竦ませれば、脳天にキスが落とされた。

「こんなに小さく弱々しいのに、魂は目を見張るほど逞しく力強い。しかも甘い匂いで私を捕らえる――」

「ひゃ、ぅ」

囚われているのはジュリアの方だ。彼の鍛え上げられた体軀と腕力があれば、非力な女の自由などいつだって奪ってしまえるだろう。

しかしリントヴェールはそんなことはしない。あくまで紳士的にジュリアを尊重してくれる。

時折言動に常識とのズレを感じても、真摯に向き合ってくれているのは伝わってきた。この道中だって、ジュリアを最大限気遣ってくれている。

命令し、引き摺ってゆくことも可能だった中、常にこちらを見て声をかけ、手を差し伸べてくれるのだから。

——旅が終わるまでは、先のことを考えるのをやめよう……

強弱をつけながら肌をなぞる掌の感触を味わい、ジュリアは自身の膝を擦り合わせた。むず痒い衝動が腹の底から込み上げる。

早く触ってほしくて、蜜が滲んだ。いやらしく濡れたことに戸惑い、艶めいた息を漏らす。

月光を背負った彼は凄絶に麗しく、見惚れずにはいられない。月よりもなお、人の心に訴えかけてくる完成された美。

——ああ……きっと竜人の神話は、こういう人間離れした美しい人から生まれたのかもしれないな……

人間や獣人より遥かに綺麗な生き物が、かつていたのかもしれない。

憧憬と渇望が歪み壊れてしまうほど、人にとって手が届かない存在として君臨していたのではないか。

そんな妄想をしながら、ジュリアはリントヴェールと数えきれないほどキスを交わした。

身体の一部を接触させるだけなのに、どうしてこんなに気持ちがいいのか不思議だ。

触れ合う場所が大きくなるほど、その悦《よろこ》びは大きくなる。

掌だけでなく、互いの足を絡め密着する範囲を広げてゆく。

今や一糸纏わず、二人は漆黒の中で戯れた。

「……ぁ、あ」

「……ジュリア」

低い美声が鼓膜を揺らし、体内の熱が一層高まる。

出口を求めた衝動は、淫らな嬌声《きようせい》になって溢れ出た。

「ん、ぁ……っ、リントヴェール様……っ」

力なく開かれたジュリアの足の間に、彼の手が忍び込む。柔らかな内腿を撫で摩られ、ひりつく渇望が燃え上がった。

陰唇をなぞられて、そこが潤み綻んでいるのが自分でも察せられる。

上下に辿られるだけでも気持ちがいい。腹の奥がキュンキュンと収縮し、『早く』と強請った。

無垢だったはずのジュリアの身体は、リントヴェールがくれた愉悦を忘れていない。まだ純潔を失って一晩も経っていないのだから、痛みは微かにある。それでも大好きな人を受け入れたい欲求に呑まれ、狂おしいほど彼を求めていた。

「ふぅ、……く、ぁ、あ……っ」

「こんなに濡らして……ジュリアは素直でいやらしい。見えなくても、ひくついているのがよくわかる」

「は、恥ずかしいことを言わないでください……っ」

「私の手首まで、びしょ濡れだ」

ぬるぬると肉粒を虐《いじ》められ、腰が戦慄く。

膨れて硬くなった花芯は摘みやすいらしく、彼の指で執拗に扱かれた。

「アあアッ」

「いい声で鳴く。やはりここが気持ちいいのか?」

「聞かないで……っ、ぁ、あんッ、はぁ、あああっ」

ひたりと触れた指とは違う柔らかな感触は、おそらくリントヴェールの舌。

一度味わった喜悦が、期待と共に増幅した。

だが前回は身を清めた直後だから許容できただけで、今回はほぼ一日歩き通した後だ。ジュリアは汗も掻いたし、土埃にも見舞われたはず。何より考えたくないが、生理現象で用を足したことを思い出した。

「だ、駄目ぇ……っ、汚いですから……！」

「汚くない。つがいの身体が、汚いわけがない。仮に汚れていたら、私が清めてやる」

「つ、つがい……？」

その単語は前にも一度聞いたような気もするが、よく思い出せなかった。

がっちり太腿を抱えられたせいで、逃げられない。その上腰が抜けるほどの快楽に、ジュリアの抵抗は言葉だけになり果てた。

「ひ、ぁあ……ッ、ぁ、あっ」

ビクビクと腹が波打って、爪先が丸まる。

夜の闇の中、月光に照らされたジュリアの肌は、白く仄かに輝いた。

「……もっと私を誘ってくれ」

鼻から大きく呼吸した彼が、うっとりと囁く。

甘く掠れた声は、もはや媚薬。ジュリアの興奮をより掻き立てた。

「や、ぁ……」

身体の奥から、とろりと蜜が溢れ、花弁を潤ませた。恥ずかしいほど滴った潤滑液が、臀《でん》部《ぶ》を伝い落ちる。

彼が欲しい——と強く願う。飢えが刺激され、我慢できないほど膨れ上がった。

「どうしてほしい？　ジュリア」

「リントヴェール様……早く……っ」

これ以上焦《じ》らされたらおかしくなりそうで、淫らに身をくねらせた。

きっと自分は今、甘い匂いに酔っている。酩酊《めいてい》した頭は、冷静な判断力を鈍らせていた。

淫猥に腰が揺らぐのが、その証拠。

いつものジュリアならあり得ない淫蕩さで、『自分の男』を誘っていた。

「貴女の望みのままに」

「……っ、ぁああッ」

猛々しい肉槍が花弁を散らし、隘路に押し込まれた。

蜜洞は存分に濡れていても、まだ長大な質量を呑み込むことに慣れていない。腹を抉じ開けられる苦痛に、ジュリアは顔をしかめ歯を食いしばった。

前回よりも痛みは少ない。それでも内壁にできた傷は、完全に塞がったわけではなかったらしい。

傷口を擦られる鈍痛が、身を強張らせる。

だが腕を摩られ、額に口づけられ、睫毛に絡む涙を啜られれば、圧迫感は次第に遠退いていった。

「……ぁ、ぁ……っ、は、ぁ……ッ」

「声が、甘くなった……動いていいか？　ジュリア」

額同士を擦りつけたまま問われ、視線が絡んだ。

彼の銀髪から汗が滴り落ちる。

きらりと光った滴がジュリアに落ちてきて、どこか神聖な気分になった。

「は、い……リントヴェール様……っ」

「辛かったら、言ってくれ。貴女を苦しめたり我慢させたりしたいわけじゃない」

「……っんぁッ」

一度引き抜かれた楔が、勢いよく叩き込まれる。

肌がぶつかる鈍い打擲《ちょうちゃく》音が奏でられ、ジュリアの視界が上下に揺れた。

蜜襞をこそげるように彼の屹立が前後する。濡れそぼった内側を硬く張ったエラで擦り上げられると、全身から汗が滲んだ。

「ひ、ぁ、あッ、ぁあアッ」

ずちゅ、と淫音を掻き鳴らし、体内を突き上げられた。衝撃で上にずり上がったジュリアの身体は易々と引き戻され、更に深く激しく穿たれる。

串刺しにされるかのように、真上から覆い被さってきたリントヴェールが激しく腰をしならせた。

「ああっ、あ、あんッ、く、ぁあ……ッ」

片手の指を絡めて繋ぎ、布の上に張りつけにされる。動きが制限されるせいで、快楽が逃せない。

繰り返し揺さ振られ、ジュリアの喉から淫らな声が押し出された。

快感が全身を満たし、嬌声を抑えようなどという殊勝な気持ちは崩れ去る。

淫洞を捏ね回され、五感を支配され、我慢しきれるはずもない。

羞恥心はとっくに破壊され、ジュリアは彼にされるがまま鳴き喘ぐことしかできなかった。

リントヴェールの繁みに淫芽が擦られ、無意識に腰が浮き上がってしまう。

更なる強い快楽を求め、ジュリアの身体はひとりでに体内にいる彼を卑猥に締めつけた。

「ひぁっ……」

「……っく、ジュリア、そんなに締めつけられたら、堪らない……っ」

「あ、ぁっ、わからな……っ、んぁあっ」

息を詰めたリントヴェールが数秒動きを止め、下腹に力を込めた。

深呼吸して額に落ちかかった髪を掻き上げる彼は、官能的だ。視界に収めただけで、ジュリアは達してしまいそうになった。

「……っは、頭も腰も溶けそうだ……っ」

「や、ああ……っ、奥、ぐりぐりしないでぇ……っ」

最奥を密着した剛直の先端で小突かれて、痛みと愉悦が拮抗する。

苦しさもあるのに、圧倒的な淫悦で上書きされた。

「嫌か？」

正直に言えば、嫌ではない。ただ見知らぬ感覚に怯えているだけ。

自分がおかしくなってしまいそうで、何だか怖い。

あの圧倒的な法悦をまた味わってしまえば、いずれ必ず訪れるリントヴェールとの別離に耐えられなくなるのではないか。

そんな怯えがジュリアの胸を過《よぎ》ったが、すぐに崩れて消えた。

「ひ、ぁっ、あ、んぁっ、ああッ」

浅く深く突き上げられ、快楽の坩堝《るつぼ》に堕とされる。

ジュリアの蜜窟はどろどろに溶かされて、彼の楔に絡みついた。

早く、この男の精が欲しい。女の本能が熱い子種を注がれる期待に打ち震える。

昂りが引き抜かれる度に肉襞が追い縋り、押し込まれれば大喜びで咀嚼した。

聞くに堪えないいやらしい水音を奏で、蜜液が白く泡立つ。

激しくされればされるほど快感は増してゆき、ジュリアは髪を振り乱して艶声を迸《ほとばし》らせた。

「……ああぁっ」

意識が、空中に放り出される。

四肢が強張って夜空を掻いた。

あまりにも気持ちがよくて、まともな声が出てこない。か細く悲鳴めいた音が尾を引くだけ。

どっと全身が弛緩《しかん》し、半ば飛んでいたジュリアの意識が戻れば、リントヴェールの腕にぎゅうぎゅうに抱きしめられていた。

彼の唇がジュリアの首を掠め、迷うように幾度も吸いつく。口づけとは少し違う。硬い歯が時折柔肌に押しつけられた。

「……？」

まるで噛みつきたいのを必死に堪えているよう。だがジュリアの疑問はすぐに霧散した。

腹の奥に熱い迸りを感じたからだ。

彼も欲望を解放してくれたのだと肉洞から伝わってきて、嬉しい。

一つになったまま、ジュリアはリントヴェールの腰に自らの足を絡めた。

何か計算してのことではない。このまま彼が抜け出てしまうのが寂しくて、一瞬でも長く自分の体内に引き留めたかったからだと思う。

「……ジュリア？　随分可愛いお強請りだな」

息を乱した彼が頬や瞼に口づけてくれた。その熱を甘受し、緩く息を吐く。

「もうしばらく……一緒がいいです」

それは今この瞬間のことでもあり、これから先の未来の願いでもあった。

終わりは近い。けれどあともう少しだけ、夢を見たい。

一度口にしてしまった禁断の果実は、とてつもなく甘美だった。

傷つくことが目に見えていても、立ち止まれないほどに。

「勿論。貴女の望むままに」

優しい彼はジュリアの望み通りすっぽり包み込んでくれた。

裸のままでも少しも寒さを感じずに、ジュリアはそっと瞼を下ろす。

胸の痛みからは目を逸らして。


翌朝は、日の出と共に行動を開始した。

昨晩色々な体液に汚れたまま眠ってしまったジュリアだったが、起きてみれば不快感はなかった。

どうやらリントヴェールが水に浸した布で拭き清めてくれたらしい。

何も気づかず寝こけていたのは、乙女として恥ずべきことだ。あらぬところまで触られ、何故覚醒しない、自分。

しかも朝食には、新たに彼が採ってきた果実が絞られ、新鮮な果汁まで用意されていた。

至れり尽くせりすぎて、逆に引く。

——私、足手纏いどころか、何一つリントヴェール様に返せていない……！

せめて今朝は早めに起きて朝食の支度——と言っても並べるだけだが——をしようと思っていたのに。優しく揺り起こされるとは痛恨の極み。

罪悪感で頭を抱えたいのを堪え、ジュリアは果汁も朝食も美味しく平らげた。

「ジュリア、何をそんなに暗い顔をしている？」

対照的にご機嫌なのは、彼である。

相変わらず表情の変化は乏しいものの、数日離れずに傍にいるせいか僅かな違いがはっきりと見て取れるようになった。これは至極ご満悦の顔だ。

「……いいえ。何だか、リントヴェール様にしていただくばかりで、私が情けないなと思いまして……」

「何を言っている？　我が一族では伴侶の世話を焼くのは最高の喜びであり、特権だ。他の人間は知らないが、私は貴女のために何かしたくて堪らない」

「伴侶……」

それは通常、一生を共にすると誓った相手に対する呼称だ。恋人とは重みが違う。

ジュリアはバクバクと暴れる胸に手を当て、視線を泳がせた。

——ふ、深い意味はないのかもしれないけれど……それでも、嬉しい……

彼の口からそう言ってもらえ、心が躍るのを止められない。甘い感慨に、クラクラする。

——いやいや駄目、浮かれていないで、今は歩くことに集中しなくちゃ。こんなところで気を緩めては危ないもの。

実際、山道はどんどん険しくなってゆく。

途中、片側が切り立った崖を岩肌に張りつくようにして進まねばならない道もあって、ジュリアは気合を入れ直した。

気を抜けば、あっという間にあの世行きだ。

「——少しこの先を見てくる。地図上では一本道だが、貴女の足でも進行可能かどうか確認してくるから、待っていてくれ」

本当なら、『自分も一緒に行く』とジュリアは言った方がいいのだろう。

しかしこれまでと比べても悪路が続いたせいで、身体は疲労困憊。リントヴェールの気遣いは正直ありがたかった。

「ご、ごめんなさい……よろしくお願いします……」

仮に地図通り進んでみて、そこでジュリアの身体能力では無理だと判断されたら、迂回が必要になる。この先を考えるなら、体力を温存しておきたいのが本音だった。

「気にするな。すぐ戻る。ここに座っていてくれ」

ご丁寧にもジュリアの座る場所まで整え、一切息を乱していない彼は軽やかに身を翻した。

足取りにも、疲労感はまったく見受けられない。

性別と基礎体力が違うが、流石に差がありすぎる。まるで人間ではないみたいだと思ってしまった。

――リントヴェール様一人であれば、迷わず最短距離を選べるのに……自分が情けない。無事すべてが片づいたら、絶対に筋力をつけよう……！

一人になったジュリアは決意を固め、拳を握り締めた。

そのままどれだけ時間が経ったのか。おそらく、そう長くはなかったはずだ。

だが、山中でポツンと待つ時間は長く感じられる。そして不安と孤独感を思い出させた。

葉擦れや動物と虫の鳴き声にいちいちびくついてしまい、ジュリアは心細さから周囲を見回す。

考えてみれば、火災の夜から彼と離れた時間はほとんどない。

宿でうたた寝をした時くらいだ。

あれ以来、ずっと一緒だった。手を伸ばせば届く距離に、必ず彼はいてくれた。

その絶対的な安心感がなくなって、どうやら自分は怯えているらしい。

「……いつからこんなに弱くなったんだろう……」

誰も聞いていない独り言がぽつりと漏れる。その時、すぐ傍で草を掻き分ける異質な音がした。

「……っ？」

追手か、獣か。

身を強張らせたジュリアは、背後の岩肌に身体をめり込ませる勢いで身を竦ませた。

息を潜め、視線だけを忙しく動かす。

視界に入るのは、樹々と片側の崖。遠くの森。空や砂利だらけの地面。

そしてもう一つ。光る双眸——

「ひ……っ」

鬱蒼《うっそう》と茂る大木の枝に『それ』は止まっていた。小さな生き物だ。しかし鳥ではない。何故なら逆さまにぶら下がっている。

蝙蝠だ、と気がつくには数秒を要した。

「こ、こんな昼間に……？」

蝙蝠は基本夜行性で、昼間活動する種類はこの国では珍しい。まして群れではなく一匹でいるのも異質だった。それ故に、咄嗟に何であるか判断できなかったのかもしれない。

だがいくら相手が一匹でも、万が一危険な病気を持っていたり、吸血蝙蝠であったりした場合、厄介だ。

ジュリアはそうっと立ち上がって後退《あとずさ》り、距離を取ろうとした。

この山が彼らの住《す》み処《か》であったなら、闖入者《ちんにゅうしゃ》は自分たちに他ならない。ならば移動すべきはこちらの方だ。

——ごめんね。私が邪魔したのなら立ち去るから……か、噛まないで？

「……やっと一人になった」

「え……？」

男の声が聞こえ、愕然とする。

ジュリアは素早く周囲を見回したが、人影らしきものはどこにもない。声の近さからして、『誰か』がいるのはさほど遠くではないはずだ。

方向から考えれば、大木の方から。しかしどこにも『人間』の気配は感じられなかった。

「だ、誰……っ？　どこにいるの」

全身にぶわりと汗が滲む。

やっと一人になった、とは、ジュリアをつけ狙っていたという意味だ。つまり自分たちを追ってきた殺人犯の仲間だろう。

——どうして……？　地下道の敵はリントヴェール様が倒してくださったのに……っ、それに何故私たちがここにいると……？

あまりにも追手の足が速すぎる。

やはりどこかから情報が漏れているとしか思えなかった。その上で、いったい何人、敵がいるのか。

──『惜しいことに一人取り逃がした』──

地下道で、彼と交わした会話を唐突に思い出す。

そうだ。あの時、リントヴェールは確かにそう言った。しかも蝙蝠の獣人が襲ってきたとも言っていなかったか。

「あ、貴方は……獣人……？」

完全に獣の姿を取った獣人を、ジュリアは初めて見た。彼らは人型ではない時、不用意に喋ることがないためだ。

混乱と焦燥で、呼吸が忙しくなる。今からリントヴェールを追いかけても、途中で追手に追いつかれるのは目に見えた。何せ相手は、羽をもって飛ぶことができるのだ。

疲れ切っている上に足場が悪いジュリアの方が、圧倒的に不利だった。

「──……そう怖い顔をしないでくれ。心配しないでも俺はあんたを殺すつもりはない」

「……何ですって？」

予想外に弱々しい声で言われ、ジュリアは下がろうとしていた足を止めた。

よく見れば、樹にぶら下がった蝙蝠は何だか弱っている。

リントヴェールは『あの深手ではすぐに追ってこられない』とも言っていたはず。

つまりここにいる獣人は、自由に動き回れる状態ではないのかもしれない。それとも──

「俺は義理堅い性格でね。これでも受けた恩は必ず返す。だから命の恩人であるあんたに、情報をやろうと思って必死に追ってきたのさ」

「どういう……こと？」

ジュリアを消すためにずっと狙っていたのではないのか。意味がわからず、動揺した。今すぐ駆け出せば、逃げ切れるかもしれない。しかし、踏ん切りがつかない。判断しきれず、瞬きだけが多くなった。

——どうしよう。全力で駆け出す？　それとも大声を出して助けを呼ぶ？

拳を握り締め、ジュリアは警戒を漲らせる。その時、蝙蝠が鋭い牙を剝《む》き出しにし、黒々とした目を瞬いた。

「——……あんた、あの男に騙されているぞ。——このまま行けば、確実に殺される」

ざぁっと風が吹き抜け、枝を揺らす。

聞こえた言葉がジュリアの内側に届くまで、数秒。

何度か頭の中で反芻《はんすう》し、曖昧に首を振った。

「何を馬鹿なことを……私を襲おうとした貴方の言葉なんて信じるわけがないでしょう
……」

「嘘ではない。俺はあんたが投げた石のおかげで命拾いした。そちらに気を取られた間に仲間が殺され、不利を悟って逃げることができたからな。お嬢ちゃん、あの男はあんたが思っているような人間じゃない。——正真正銘の化け物だぞ」

低く絞り出すような声音で告げられ、ジュリアの身体が強張った。

この蝙蝠は何を言っているのだろう。

耳を貸す必要などない。どうせ自分を惑わせるのが目的に決まっている。

今すぐ耳を塞いで、無視してしまえば――

「そもそも俺たちはあんたを殺すために追っていたわけじゃない。あの化け物から保護しようとしていたんだ。そうでなきゃこんな怪我を負って命懸けで追いかけるはずがないじゃないか。普通ならとっとと逃げるさ」

「それは……」

妙に説得力がある言葉には、全面的にではなくても納得せざるを得なかった。

通常、金で雇われただけなら、利益にならないと見れば早々に手を引くと思う。それが一般的な考え方だ。誰だって命が惜しい。

報酬と自分の身を天秤《てんびん》にかけ行動するのが、当たり前。

特に獣人は人間よりもその傾向が強い。情やしがらみより合理性と損得を大事にする。かつてエレインが『だから人間になかなか信用してもらえないのかしら』とぼやいていたことをジュリアは思い出した。

「お嬢ちゃんを殺すのが目的なら、仲間を呼ぶ。だが俺はそれさえせずにあんたを助けるため、怪我を押して飛んできたんだぜ？　少しは信じてくれてもいいと思わないか？」

憐れみを誘う声で語りかけられ、耳を塞ぐのは難しい。しかも男の声音は不思議な響きで、鼓膜を震わせる。ジュリアは困惑の中、ぐっと拳を握り締めた。

「やめて……！　尤もらしいことを言っているけど、リントヴェール様が私を狙う理由がないじゃない。あの方は王太子様の近衛よ？　騙されないわ！」

それでも、信頼度はこれまでずっと傍にいて守ってくれた彼の方が比べるまでもなく高い。今現れたばかりの獣人の言葉に、惑わされるはずがなかった。

「それが複雑なところだな。確かにあの男は王室騎士団に属する王太子の近衛だ。だが、あんたに語った他のことは、すべて偽りだと思った方がいい。あの男は殺人現場の目撃者として、お嬢ちゃんに証言を求めたようだが、実際の目的は違う」

「どういう、意味……」

聞いてはいけない。聞く価値はない。

ジュリアの内側から警告する声が聞こえた。

耳を傾ければ、きっと心が掻き乱される。それはジュリアの心を暗雲で曇らすものだと感じた。

だが不可思議な声は、強制的にこちらの耳に忍び込んでくる。

「あの男は殺された被害者が王太子側の人間だと言ったのではないか？　しかし事実は逆だ——裏切り者だったたから消されたのさ。しかも王太子にとって面倒な情報を握っていたため、処分されたに過ぎない。あんたを守っているように見せかけている男は、自分たちに都合がいい証言をお嬢ちゃんにさせようとしているだけさ」

くらりと眩暈がした。

戯言《ざれごと》だと、ジュリアの頭は否定している。それでも内側に楔を打ち込まれた心地がした。馬鹿馬鹿しいと切り捨てられない何かが、蝙蝠の獣人の言葉に含まれている。ただの嘘だと振り払えない説得力を、その声に感じ取ってしまったために。

「……黙って。それ以上喋れば、私は大声でリントヴェール様を呼ぶわ……」

それでもどちらを信じるかはハッキリしていた。

積み重ねた時間は短くても、心が答えを出している。

怪しい獣人の言うことなど気に留める必要もない。――そう、割りきろうとしたが、ジュリアの拳は激しく震えていた。

「それは困るな。俺はこの通り怪我をしているし、こんなに明るい場所では能力を発揮しきれない。つまり、とてもあの化け物に立ち向かえないな。だが考えてみてくれ。危険を冒しても、あんたに助言してやろうとした意味を」

「お願いだから、黙って……！」

「これは親切心だぞ？　あまりにもお嬢ちゃんが可哀想でなぁ……恋愛感情を利用されて、いいように操られているあんたを見ていると、見過ごせないと思ったのさ」

「……っ」

――聞きたくないのに、この男の妙に説得力のある声のせいで、無視できない……！

心の根幹を揺さ振らないでほしい。

ずっと内心、『リントヴェール様のように素敵な人が、何故私なんかを』と思っていた。

大事に扱われても、肌を重ねても、夢ではないかと疑っていたのだ。

彼ならば、他にいくらでも魅力的な女性が周りにいるはず。

特別美しくもないジュリアを選ぶことが不思議でならなかった。

その疑問に対する答えを、眼前に叩きつけられた気がする。

もしもリントヴェールの言動が、恋にのぼせたジュリアの証言を、都合よく誘導し引き出すためだとしたら――

疑心が膨らむ。頭の内側を撫で回すかのような男の声のせいで。まるで、リントヴェールといる時に何度も香った匂いと同じ。本能に影響を及ぼす不思議な強制力だった。

「いくらお偉いさんでも、殺人をなかったことにするのは難しい。それならいっそ、裏切り者を処分してその罪を敵対勢力に押しつけた方が効果的だ。邪魔者を排除できて、一石二鳥じゃないか。あの男の考えることは、本当に恐ろしいな……そのために罪もない女をとことん利用し尽くそうとするんだから」

「利用……」

「ああそうだ。惚れた男のために、あんたは無意識でもあの男の有利になるよう証言するだろう。勿論お嬢ちゃんにその気はなくても――な。純朴な小娘を騙し恋人ごっこをして絞り尽くそうなんて、極悪人としか思えないだろう」

獣人の言葉が、鋭利な刃《やいば》となってジュリアを切り裂いた。

特に『小娘を騙し恋人ごっこ』をしていたというところが。

それでは何もかも偽りだったのか。可愛いと言ってくれたことも全部。熱を帯びた瞳で見つめてくれたことも、触れ合った場所から伝わった恋しさも。

足元が崩壊するような衝撃に見舞われ、ジュリアはその場にくずおれた。

膝が震えて立っていられない。

信じるべきはリントヴェールなのに、心の一番脆いところを突かれ、芯が揺らいだ。

――私はどうして、大人しくこんな作り話を聞いているの……！

否定する声を上回るほどの大きさで、『やっぱりね』と冷笑している自分がいる。

目的がなければ、彼がジュリアを選んでくれるわけがないと嘲笑っていた。それでも。

「……っ、貴方の言葉だけで、何も証拠はないじゃない……！」

なけなしの勇気を掻き集め、懸命に言い返した。

確たる証拠がなければ、蝙蝠の言うことも嘘か実《まこと》かわからない。だったらジュリアが信じるのはリントヴェールだ。

決意を固め、枝に逆さまにぶら下がる獣人を睨《にら》みつけた。

「私は、今まで何度も助けてくれたあの方を信じている……！」

「――ほぅ……大したものだ。俺の言葉を聞いて、まだ自我を保っていられるとは……だが可哀想になぁ……あんた、用済みになれば殺されるぞ？　これまでだって何度も嚙み殺されそうになっていたのは気づかなかったか？」

「おかしなことを言わないで！　そんなわけがないじゃない！」

肉食の獣でもあるまいし、嚙み殺されるなんて物騒なことが起こるわけがない。

一気に眼前の獣人の言葉が陳腐になった気がして、ジュリアは内心ホッとした。

――やっぱり、嘘なんだ……そうよね、リントヴェール様が私を騙していたとか利用していたとか……耳を傾ける方がどうかしている。

蒼白になった顔をじっと見てくる、蝙蝠の視線が気持ち悪い。

まるでジュリアの中で不安の種が芽吹いたのを見透かされたよう。

気丈に振る舞おうとしても、未だ立ち上がることもできずにいる弱さを、抉り出された心地がした。

「俺はあんたに声をかけるため、昨晩追いついてからずっと見ていたんだぜ？　特に夜目は誰よりも利く。正確には自分で発する音による反射だが――お嬢ちゃんたちが二人で何をしていたかも、全部知っている」

男の言わんとしていることを悟り、ジュリアの頬も全身も真っ赤に染まった。

この獣人は、昨夜のことを言っているのだ。

ジュリアとリントヴェールが暗闇の中、抱き合って淫らに求め合ったことを。

「ぬ、盗み見していたの……っ？」

「人聞きが悪い。勝手に始めたのは、そっちだろう。俺だって他人の色事を覗く趣味はないし、事故みたいなもんさ。気にする必要はない。そんなことよりも、あの時お嬢ちゃんは死の瀬戸際にあった自覚がないのか？　あと少しで首を噛み千切られていたのになぁ」

「首を……」

思わず言葉に詰まったのは、ジュリアに心当たりがあったからだ。

抱き合う度に、リントヴェールが肌に歯を立てているのは気がついていた。

けれど少々変わった性癖なのだと、深く考えなかっただけだ。もともと変わったところがある人なので、気にすることはないと思っていた。

「あ、あれは……っ、たまたま……っ」

「もしかして睦み合っている時だけの話だと思っているか？　とんでもない。あの男はそれ以外にも、ずっとあんたの首を狙っている。隙あれば噛み殺そうとしてな」

「……っ、いい加減にして。仮にリントヴェール様が私を殺そうとしていたとしても、普通は噛むなんて真似しないでしょう。あの人は剣を持っているし、他にいくらでも方法があるもの。嘘ならもっと上手くつきなさいよ……！」

陳腐な嘘にこれ以上つき合っている暇はない。馬鹿らしいと一蹴すればいいだけのこと。

ジュリアはリントヴェールに助けを求めるべく、大きく息を吸い込んだ。

「――『人』ならな。だが『獣人』なら、交尾した相手を喰い殺す種族もいるぞ？　まぁその場合、大抵雌が雄を――だが。何だお嬢ちゃん。あの男が獣人だと知らなかったのか？　教えてもらえていないとは、本当に信頼されているとは言えねぇなぁ。あんな化け物が、普通の人間のはずがあるまい。まぁ流石の俺にも、何の種族かまではわからんがな」

鋭利な刃となった言葉が、ジュリアをまっすぐ貫いた。

リントヴェールが獣人だと聞いて、衝撃を受けたからではない。まったく気にならないと言えば偽りだが、それでも問題はそこではなかった。

ジュリアには獣人に対する偏見がない。むしろもっと両者が互いを理解し共存できる世界を望んでいた。

それを、彼も知っていたはずだ。

昨晩、月を見上げながら語り合ったのに。あの時、彼が獣人であることを明かしてくれなかったことが、胸中に芽吹いた不信を更に育てた。

――あの人が種族のことを告げてくれなかったのは、私を信じていないから……？

それとも、言う必要がないと判じたからか。

どちらにしても、ジュリアには大事なことを伝える価値がないと思われているのは間違いなかった。

「リントヴェール様が、獣人……」

「あの身体能力で、人間だなんて無理がある。まだ俺を信じないか？　だったら匂いはどうだ？　俺たちは人間より嗅覚が鋭い。匂いで色々な情報を処理するぞ。だから芳香の効能についても、あんたらより熟知している。たとえば——人の感情や情動に影響を及ぼす香りを作る方法も知っている」

「え……？」

何度も嗅いだ甘い匂い。それが、ジュリアの鼻腔の奥によみがえった気がした。

「思考を鈍らせ、欲望の虜にする芳香を作り出す術もある。人間たちに教える気はないがな」

今まで疑問だった欠片が、あるべき場所に収まった錯覚を覚えた。

目を背けていた何かが、形を得る。それは、ジュリアが直視したくない『真実』だった。

——伴侶だとか至宝だなんて言ってくれても、実際にはその程度にしか思われていなかったの……？　いいえ、全部嘘……？　甘い匂いは私の判断を狂わせるためにわざと……？

ギリギリと胸が痛む。心臓が押し潰されそうで、息ができなくなる。

吐き気が込み上げ、地面に手をついて身体を支えた。

頭の中は疑念でいっぱい。どす黒い靄が一向に晴れてくれない。

ジュリアが一度蹲《うずくま》り、再び顔を上げた時には、蝙蝠の獣人が翼を広げたところだった。

「可哀想なお嬢ちゃん。真実はいつだって残酷なものだ……だが俺の命を救ってくれたあんたへ、取り返しがつかなくなる前に選択肢を与えてやりたかったのさ」

「ま、待って……！」

「——時間切れだ。あの化け物が戻ってきたな。俺はもう逃げるよ。言いたいことは全部伝えた。後はあんたが判断すればいい。俺ならとっとと身を隠すけどね」

ジュリアは重い身体を引き摺って、何を言いたいのかわからないまま手を伸ばした。

小さな蝙蝠が大木から飛び立ち、音もなく空を切る。

あっという間に深い森の中へ飛んでいき、すぐに樹々に紛れ見えなくなった。残されたのは、ジュリア一人。

呆然としたまま、身動き一つできなかった。

頭の中がぐちゃぐちゃで、何も考えられない。考えたくない。

心は勇ましく、『あんな根拠のない話を信じるのか』と気炎を吐いている。だが別の部分では、明らかに動揺させられた。耳に残る男の声がいつまでも爪を立てる。

——くだらない……嫌がらせに過ぎないでしょ……リントヴェール様に痛手を負わされたから、あんな嘘を……あの獣人たちが私を狙っていたのは間違いないじゃない。何度殺されかけたと思っているの……？

しかしだったら何故、今この場でジュリアを襲わなかったのだろう。

傷が思いの外深かったからか。それとも近くにリントヴェールがいたからか。

――それともまさか本当に、私を助けたかったから……？

わからない。苦しくて頭痛が酷くなり、これ以上頭を使いたくなかった。

世界がグルグル回る。何を信じるべきか曖昧になり、大切なものを見失った気がした。

足元が揺らぎ、心が迷子になる。このままここにいていいのか、ジュリアは大きな不安に苛まれた。

だがそれは、突き詰めればリントヴェールから逃げるという意味だ。

――正体不明の相手に唆され、何度も自分を助けてくれた人を裏切って……？

冷静に考えれば、愚かな選択だと断じられる。

だが心は簡単に割りきれなかった。すべては、蝙蝠の堂々とした声のせい。

――どちらを信じて従うかなんて、考えるまでもないのに……っ
もしも、の可能性が捨てきれない。

リントヴェールが自分を意のままに操るためすべてを画策していなかったと、どうして断言できる？　恋人のように扱ってくれたのも、ジュリアを利用するためかもしれない。

――だって『愛している』とも『好き』とも一度だって言ってもらったことがない……

その事実に思い至り、愕然とした。

手にしていたはずの幸福感が、指の間からこぼれ落ちる。

判断するのは、直接彼に問うてからでいい。決めつけるのは早計すぎる。

――リントヴェール様に面と向かって……

しかし正直に答えてくれるか疑問だ。それよりも仮に肯定されたとしたら。

すべて目的を達するための茶番であったと、彼自らが認めたなら。

想像するだけでジュリアの意識が遠くなった。指先まで冷え、震えが止まらなくなる。

信じていると宣いながら、この有様。ほんの少し揺さ振られただけで、簡単に千々に乱れる。

脆弱《ぜいじやく》な心を抱きしめるように、ジュリアは胸を押さえて小さく丸まった。膝を抱え、できるだけ身体を縮める。

――私は……どうすればいいの……？

ここまで頑張ってこられたのは、リントヴェールを信じていたからなのは間違いない。それが、根底から揺らいでいる。怖くて心細くて、視野がどんどん狭まってゆくのを感じた。

頭の中に繰り返し流れるのは、蝙蝠の特徴的な声が発する言葉。幾度打ち消しても、一向に消えてくれない。それが、疑心として根を張った。

「――……ジュリア？　こんなところで座り込んで、いったいどうしたんだ？」

影が差し、聞き慣れた男の声がかけられた。

顔を上げなくても、相手が誰なのかわかってしまう。

萎縮する心と身体はあまりにも正直で、同時に安堵している気持ちが不可解でもあった。

「……リントヴェール様……」

「顔色が悪い。体調が悪くなったのか？」

慌てた様子で膝をついた彼からは、自分を騙そうという意図は感じられなかった。

本当に心からこちらを案じてくれているのが伝わってくる。

しかし演技ではないと言い切るには、今のジュリアは猜疑心《さいぎしん》に満ちていた。その上自分の目は、恋情に曇っていないと断言できるだろうか。

――本気で私を心配してくれているの？　それとも……

「疲れが出たのかもしれないな。とりあえず、水を飲みなさい」

これまでなら優しい言葉に感謝して、ありがたく水を口に含んだはずだ。それなのについ、『飲んでも大丈夫だろうか』と躊躇ったことが悲しい。

ジュリア自身が完全にリントヴェールを疑っている証明だった。

信じたい。けれど彼を信じようとする努力こそが、自分の本音を残酷なまでに明らかにしていた。

「いや……っ」

咄嗟に撥ねのけた手。

ジュリアに向け伸ばされていたリントヴェールの指先が、行き場をなくした。

彼の手を弾いてしまった自身の手が、痛みと熱を帯びる。ひりつく衝撃が腕全体をも痺れさせた。

「わ、私……っ」

己のしたことが信じられず、ジュリアは自らの手と、瞠目《どうもく》した彼との間で何度も視線を往復させた。

刹那の沈黙が耳に痛い。

「――……すまない。勝手に触れようとしてしまった」

違う。そうではない。

彼が謝る必要はなく、むしろ悪いのはジュリアであると言わなければ。

心は途方もなく焦るのに、唇はまるで動いてくれなかった。

さながら、上下が張りついてしまったよう。

喉もまったく機能してくれない。ただ無意味に掠れた音を漏らすだけ。

ジュリアはなす術なく、戦慄く自分の身体を抱きしめた。

5　半身

ジュリアの体調不良により、山中にある小さな集落へ急遽《きゆうきよ》立ち寄ることになった。

勿論、当初の予定にはなかったことだ。

町とは違い、狭く小さな村は閉鎖的であることが多い。何よりも人々の記憶に残りやすく、一歩間違えれば危険が及ぶ。故に、可能であれば迂回して進むはずだったのだが——

「いやぁ、この村に旅芸人が来るのは、何年振りかね。子どもらは他所《よそ》から人が来るのも珍しいから、大はしゃぎだよ」

村の纏め役だという老人はニコニコと上機嫌で笑った。

「こちらも食糧の補充をしたかったので、助かりました。お礼に明日は無料で芸を披露させていただきます」

そう答えたのは、たっぷりとした髭《ひげ》を蓄えた小太りの男性だ。

彼の名はリンデン。旅の一座を率いる芸人である。

その後ろには彼の家族であり演者でもある妻と、よく似た五人の子どもらが立っていた。

それから、一座の団員として、若い夫婦も。

誰あろうジュリアとリントヴェールである。

「お美しい女性が沢山いて、演目が楽しみですなぁ」

村の男たちは皆、でれっと鼻の下を伸ばした顔でジュリアたちを見てくる。

それは現在自分が着用している、極端に布の面積が小さい、扇情的な踊り子の衣装が原因なのは明白だった。

袖はあっても透けており、辛うじて乳房が隠れているだけで、腹は丸見え。下着よりもお面積が小さい布が、ジュリアの胸と大事な部分をギリギリ隠してくれている。

ひらひらとした飾り布があるにはあるが、それらは動けば簡単に身体の線を丸見えにした。しかも両足は太腿から爪先まで娼婦以上に大盤振る舞い状態。激しく動けばポロリもやむなしなのでは。むしろ着ている方が卑猥に感じた。

際どい。とてもじゃないが普段のジュリアなら、絶対に手を出さない服装だ。正気を保っている方が難しい。しかしこの格好をしなければならない深い事情があったのだ。

——は、恥ずかしい……っ、いっそ殺して……!

こんな状況に陥った原因は、数刻前に遡る。

山中でジュリアが不安定になった直後、リントヴェールはしばらく休むことを提案してきた。充分な休息を取れば、ジュリアの体調が改善すると踏んだらしい。

だがこのまま彼と二人きりで何もせずにいるのは耐えがたく、ジュリアは頑として断った。歩けないほどではないと言い張り、先に進もうと主張した。何かしていれば、まだ気が紛れる。黙って二人でいる方がよほど苦行だ。

しかしこの先の最短経路は想像以上に険しく、顔色の悪いジュリアには無理だと断言されてしまった。

大回りをして行けば越えられないこともないが、そちらも悪路であることに変わりはない。が、いくら休憩を取ったところで、ジュリアの体調が整わないことは、自分が一番よくわかっていた。

進んでも、立ち止まってもあるのは混沌。蒔《ま》かれた不信の種を取り除かない限り、何一つ解決しない。

困り果てているところ、偶然通りかかったのが、リンデン率いる旅芸人の一家だった。

彼らは様々な町や村で芸を披露し、ずっと旅を続けているらしい。

リントヴェールの『このままでは埒が明かないから、村の近くまで行って様子を見る』という提案に従い、ジュリアたちが整備された道に出た際、リンデンに声をかけられたのだ。

「お困りの様子だねぇ。助けてやろうか？」

馬車を停《と》め休憩中の一家に妙に明るく言われ、驚いたのはジュリアだけ。対照的にリントヴェールは苦虫を嚙み潰したかのような顔で、さも嫌そうに嘆息したのだ。

「……お前か。どうしてこんなところにいる」

「もう一つ向こうの町に仕事をしに行くのさ。それにしても天下の王室騎士団員様が、そんなど庶民の格好でいったいどうしたんだ？」

どうやら彼らは顔馴染みであったらしい。

ニヤニヤと嗤《わら》うリンデンは揶揄い交じりに「貴重なものを見た」と肩と腹を揺すった。それを見て、リントヴェールの顔がますます険しくなる。だが襲われた際に放っていた殺気とはまるで違った。

あの時よりも、格段に空気が柔らかい。気を許している——そんなふうにも感じられた。

「……あの、リントヴェール様、こちらはどなたですか……？」

少なくとも上下関係はなさそうだ。けれど友人と呼ぶにはあまり嬉しそうではない。さりとて警戒した様子もなく、ジュリアは大いに戸惑った。

「……同じ島出身の、顔見知りだ」

「あ、では……お二人は幼馴染みなのですね」

年は十以上離れていそうだが、同郷の出身となれば頷けた。

——リントヴェール様のお話では、ご出身の島はあまり住民が多くなさそうだったから、きっと年が離れていても親しくされていたのかな……？

「そんないいものではない。ほぼ他人だ」

「つれないなぁ、リントヴェール。俺はお前のおしめを替えてやったのに」

「貴様、死にたいのか。……昔と変わっていないないな」

仲がいいのか悪いのか。険悪にも見えるし、じゃれ合っているだけにも感じられた。

どちらにしても、リントヴェールが頭を撫でられたり気軽に手を払ったりしている様子から、『触れる』許可を必要としない間柄なのは確かだろう。

「それにしても……まるで駆け落ち途中のような出で立ちだなぁ。同行者は男児の格好をしているが、女性だろう？　ははっ、訳ありですと言っているようなものだ」

「え……っ」

一目でジュリアが女であると見破られたことに驚く。これまで非常に不本意ながら、誰にも疑われたことがなかったのに。どうやらリンデンは見た目によらず観察眼が鋭いらしい。

「まぁ、いい。事情は聞かねぇよ。あの村に立ち寄りたいみたいだな。助けてやる」

「——助かるが……どうするつもりだ？」

「任せておけって。俺にいい案がある」

胸を叩いたリンデンの、その案とやらが、目立つことこの上ないスケスケ際どい踊り子の格好をジュリアがするというものだった。

「いかにも事情がありそうな二人連れより、『旅の一座』として振る舞えば顔の造作なんざ記憶に残らんよ。派手な衣装でも着ていれば、なおさらだ。人の印象なんてその程度のものさ」

と言いきったリンデンの言葉は本当だったらしい。

とにかくリンデンのおかげで、村人たちはジュリアの格好ばかりに気を取られ、それ以外には興味を示すことなく、無事村に立ち寄ることができたのだから。

「どうせ男はスケベばっかりだしな！」

「……ジュリアを汚らわしい目で見ていた男ども全員、目玉をくりぬいてやりたい……」

呪詛《じゅそ》を吐くような低い声でリントヴェールが呟き、ジュリアも驚いたものの、リンデンは更に目を丸くした。

場所は村の世話役が貸してくれた小さな一軒家。今夜はここに泊めてもらえることになっている。リンデン一家で二室。そしてジュリアとリントヴェールで一室を使う予定だった。

今は夕食を終え、寛ぎの時間である。

「いつも冷めていたお前がそんなことを言うなんてなぁ……！　こりゃ驚いた。それじゃ彼女がお前のあれなのか？」

「煩い、黙れ」

親しげにべたべたと絡むリンデンを心の底から鬱陶しそうにあしらうリントヴェールの姿は、普段の彼からはとても考えられない。それだけ気を許しているのだろう。

リントヴェールと二人きりの気まずさに耐えきれなくなっていたジュリアは、張り詰めていた気をほんの少しだけ緩めることができた。

——今はまだ、心と頭の整理がつかなくてリントヴェール様と二人きりは辛い……しばらくの間でも、リンデンさんがいてくれてよかったな……子どもたちは可愛いし、奥様は優しいし、久し振りに緊張感から解放されたみたい……

リンデンの妻は、歌と演奏に秀でた美女だった。ジュリアが今着ている踊り子の衣装も、元は彼女のものだそうだ。

現在は腹に六人目の子が宿っているので、踊りは休止中らしい。

「お子さんが六人もいらっしゃるなんて、すごいですね」

しかも身体の線が崩れていないことに驚愕である。年齢も不詳だ。

「ふふ。リンデンに、沢山家族を作ってあげたかったからね。これからも身体が許す限り産むつもりよ」

ふっくらと膨らんだ下腹を撫で、彼女は満足げに微笑んだ。

満たされている女性の姿が、少しだけ羨ましい。ジュリアが無意識に羨望の眼差しで見つめていると、リントヴェールが呟いた。

「――リンデン、お前……島を出て別れて以来、一度も連絡を寄越さなかったが上手くやっているのか？」

「それはお互い様だし、当たり前だろう？　大事な女と、この子どもの数を見れば一目瞭然だ。俺は島を出たことをこれっぽっちも後悔しちゃいない」

「そう、か」

男たちの会話が途切れ、不意に訪れた沈黙は、子どもらのはしゃいだ声に掻き消される。

しかし彼らの間には、それで充分伝わるものがあったらしい。

――リントヴェール様たちにとって、生まれ故郷の島を出るというのは、とても大きな意味があるのかな……？

やたら一族を強調していたから、結びつきが強いのかもしれない。そう思い、並んで座る彼らをジュリアが改めて見ると、どこか似た雰囲気が感じ取れた。

容姿や髪の色はまったく違うのに、印象的なサファイアブルーの瞳が同じ色をしているからかもしれない。

そして、まるで長い時を生きたような落ち着き払った眼差しが。

「……お二人は、とても仲がいいのですね」

「冗談でもやめてくれ、ジュリア」

「親友と言っても過言ではない」

男たちの両極端な答えが同時に返され、それがあまりにも見事に重なって、ジュリアはつい吹き出した。

「ふっ……あはは……っ、ごめんなさい、何だかリントヴェール様がいつもとは違って見えて……」

「おや、こいつは今でも普段格好つけているのかい？　昔からそうなんだ。一人だけ取り澄まして鼻持ちならない奴だった。そういえば子どもの頃なんて――」

「おい、やめろ。それ以上無駄口を叩けば、妻子の前で骸《むくろ》を晒すことになるぞ」

リンデンが過去の暴露をしようとして、慌てたリントヴェールが邪魔をした。そのやり取りも妙に面白く、ジュリアの笑いはますます止まらなくなる。

「ふふふ、当たり前ですけれど、リントヴェール様にも幼少時代があるんですね。どんなお子様だったか、想像もつかないわ」

きっと昔から礼儀正しく賢い貴公子だったのではないか。

ジュリアの生まれた村にいた、乱暴者で鼻を垂らした悪ガキとは、まったく違う生き物に決まっている。

「いやぁ、それが大人も手を焼く理屈屋で、何でも自分で経験しないと納得しない頑固な奴だったよ」

「リンデン、今すぐその口を閉じないと、奥方にお前の恥ずかしい失敗談を残さず話すぞ」

気心が知れているからこその応酬は、傍で見ていると楽しくて仕方ない。

リンデンの妻も子どもらも、ニコニコと父親たちの様子を見守っていた。

「お父さん、楽しそう」

「ええ、そうね。故郷を離れて以来、お友達に会ったのが初めてだから、嬉しいのよ。ところであなたたち、もう寝る時間でしょ。さ、ベッドで横になりなさい。――皆さん、私たちは先に失礼しますね。積もる話もあるでしょうし、どうぞごゆっくり」

まだ眠くないとはしゃぐ子らを連れ、リンデンの妻は先に寝室へ向かった。

「……気を遣わせてしまったな」

「あいつらも久し振りにベッドでゆっくり眠れるから、構わないさ。そんなことより、リントヴェール。……よかったな」

ジュリアには何のことかわからなかったけれど、目線だけで頷き合った彼らには、余計な言葉は不要らしい。

穏やかに夜の時間が過ぎてゆく。

聞こえるのは、虫の鳴き声と微かな衣擦れ。

こうしていると、昼間にあったことが幻のようだ。蝙蝠の獣人に出会ったこともすべて、ジュリアの妄想ではなかったのかと思えてくる。

しかし突き刺さった言葉の刃は、今も胸の奥で痛みをもたらし、消えてくれなかった。

――いっそ全部、夢だったらいいのに……

「――は、もう済ませたのか？」

「……その件は、口にするな。――まだだ。彼女には……何も話していない」

物思いに耽っていたジュリアは、リンデンの言葉を聞き逃した。何について話している最中だったのか、リントヴェールが渋い顔をしている。

「ふぅん。安心しろ、そこまで首を突っ込むほど、俺は野暮じゃない」

そこで一度言葉を切ったリンデンは、人好きのする笑みを浮かべ、おもむろにジュリアに視線を向けてきた。

「──ジュリアさん、こいつは無口で矜持が高く生真面目すぎて何を考えているのかよくわからず扱いにくいが、悪い奴ではない。根はまっすぐで、いい奴だぞ」

「……褒めているつもりか？」

どちらかと言えば、悪口の方が多かったと思うのは、ジュリアも同感である。

「弟分を必死で売り込もうとする、優しい俺の気持ちがわからないのか？」

「わからん。嫌がらせにしか思えない」

「捻くれた奴だな……まぁいい。とにかくジュリアさん、リントヴェールを信じてやってほしい。約束は必ず守り抜く男だ」

「……は、い」

ジュリアが間髪《かんはつ》を容《い》れず頷けなかったのは、蟠《わだかま》りを抱えているからに他ならなかった。

胸の奥にあるしこりが、ずしんと気持ちを重くする。

信じたいのに信じきれない内心を、指摘された心地になった。

「俺たちの生まれ育った島は、閉鎖的なところでな。大抵の奴は島から出ることなく一生を終える。俺らみたいに外に興味を持つのは、珍しいんだ」

「そうなんですか……？」

「ああ。だから余計、俺は自分と同じく島を飛び出したこいつが、可愛くて仕方ないのさ」

リンデンの何もかも見透かすような青い瞳は、リントヴェールととてもよく似ていた。優しそうで、どこか孤独の影がある。吸い込まれそうなほど深く、底が見えないところも。

「お節介かもしれないが、そういうわけだから口出しするのを許してほしい。お二人さんの間には何やら微妙な壁を感じる。誤解があるなら、早めに話し合っておいた方がいいと、おじさんは思うぞ」

「おじさんなんて……まだお若いじゃありませんか」

「いやぁ、見た目とは違って、あちこちガタが来ている。老いとは怖いものだな。だが一緒に歩む相手がいれば、悪くない」

快活に笑ったリンデンは、隣に座るリントヴェールの背中をバンバンと叩いた。

「――さて、おじさんはもう寝るよ。後は若い二人でよく話し合いたまえ。俺は妻とイチャイチャする」

「さっさと寝ろ」

「お、おやすみなさい」

にこやかに手を振ったリンデンが部屋を出て行き、残されたのはジュリアとリントヴェールの二人だけ。

途端に会話が途切れ、沈黙が訪れる。何を話せばいいのかわからない。

居心地悪くジュリアが身じろげば、衣擦れがいやに煩く室内に響いた。

――リンデンさんと話していたリントヴェール様は、とても砕けた柔らかい雰囲気で……

私の知る、頼り甲斐がある毅然《きぜん》とした人とも違った……だけど、どちらにしても人を騙して陥れようとする人間には、見えなかった……

蝙蝠の獣人に惑わされたものの、信じたいのがどちらなのかははっきりしている。山中ではあの男の声に心を掻き乱されたが、時間を置いた今は少しだけ冷静さを取り戻せた気がした。

ならば自分の目を信じたい。これまで共に過ごす間に感じたリントヴェールの人柄が、偽りなどではないと。

後は、背中を押してくれる確信が欲しいだけ。

汗の滲む掌を強く握り、ジュリアは勇気を掻き集め、問いかけるきっかけを探った。

「――……ジュリア、急に私を避けた理由を聞いてもいいだろうか」

しかし一瞬早く静寂を破った質問に、ジュリアは迷いながらも顔を上げた。

喉が渇いて、ひりひりする。それでも落ち着こうと心がけ、己の望む答えを求めて唇を戦慄かせた。

今しかない。この機会を逃せば、もう切り出す勇気は湧いてこない。

心を固め、ジュリアは大きく息を吸った。

「――……本当のことを教えてください……リントヴェール様は、獣人……なのですか？」

この際、種族について黙っていたことは水に流せる。隠されていたことはショックだが、言えなかった彼の気持ちもわからなくはないからだ。

人間社会に溶け込んで生活する獣人たちは迫害を恐れ、よほど親しくならない限り真実を明かしはしない。それこそ生涯周囲の人々に黙ったまま一生を終える者もいる。

そういった『知られたくない』という気持ちは、人であるジュリアに完全に理解できるものではないのかもしれない。

だがそれでも。

――これから先も共に生きていこうと願ってくれるなら、いつかは語ってくれなきゃおかしいでしょう……？

あくまでも秘密を守ろうとするなら、それはジュリアとの未来を本気で考えてくれていない証拠だ。適当に『今』を取り繕えばいいと高をくくっているだけ。

ジュリアは固唾《かたず》を呑んで彼の返事を待った。

リントヴェールの答えにすべてがかかっている。もしもこの期に及んではぐらかそうとするのなら――

「……――私は、獣人ではない」

躊躇いつつ吐かれた言葉は、それでもはっきりとジュリアの耳に届いた。

皮肉にも、聞き間違いようもなく明瞭に。

ガンッと頭を殴られた気がした。眩暈がして、座っていることすらままならない。

どうにか顔を背け、蒼白になった顔色を隠すのが精一杯。

ジュリアは叫び出したくなる衝動と戦いながら、震える息を吐き出した。

——嘘をつかれた……

何の迷いもなく、彼はジュリアを騙し通すつもりでいる。

確かに、リントヴェールが真実人間である可能性も残っていた。しかし、限りなくゼロに近いものだ。確信をもってそう思う。

あの尋常でない身体能力。常識外れの治癒力。それらを『鍛え上げられた騎士だから』で済ますのは難しい。

ジュリアの心はもう、完全に悟ってしまった。

——獣人か人間かなんて、重要なことじゃない。でも将来に関わる大事な秘密を共有しないということは、共に歩むつもりなんてないから……？

胸の中で何かが砕けた音がする。一度割れてしまったそれは、二度と元には戻らない。

ジュリアは強張る口元を必死で動かした。

「……そうですか。ごめんなさい、私の誤解だったみたいです。あの、もう寝ますね。ちょっとやっぱり身体が万全ではないので……」

「――ああ。私は……明日の行程を確認がてら、少し見回りをした後に休む。明日昼過ぎにはリンデンたちとこの村を出て、そこからはまた二人で殿下の別邸に向かう予定だ」

「はい、わかりました。お先に失礼します」

深く頭を下げ、ジュリアは居間を出た。

――今夜のうちに……リントヴェール様から離れよう。

悲しい決意は固まった。悠長に着替えている時間はない。

ジュリアは露出度の高い踊り子の装束の上にマントを羽織り、最低限の荷物を持った。

少し考えて、手早くベッドにクッションを入れ、人が眠っているように偽装する。これで少しは発覚を遅らせられるだろう。

惜しいけれど、鞄と靴は置いて行く。

それらが消えていれば、ジュリアが逃亡したのが露見してしまうためだ。

幸い、衣装に合わせた布のサンダルは履いている。次の町までなら、どうにか辿り着けるはず。

――衣装を着ていってしまうから、リンデンさんの奥様には申し訳ないけど……

心の中で真摯に詫《わ》び、ジュリアは寝室の窓から脱出した。

音を立てないようそうっと外に出る。

小さな村は、完全に夜の帳《とばり》が下りていた。少ない家から漏れる明かりは、とてもか細い。月と星の光だけを頼りに進むのは、想像以上に恐ろしかった。

これまで山の中でも平気だったのは、隣にリントヴェールがいてくれたからだ。そうでなければ、あまりにも心細い。

早くも決意が崩れそうになったジュリアは、奥歯を噛み締め怖気づく心を叱咤した。

――甘えたことを考えないで、行かなきゃ。だってもう、あの人の言うことを信じられない……っ、ううん。私がリントヴェール様の信用に値しないんだ……っ

考えてみれば、信頼感一つに縋ってここまで来た。その根底を覆された今、ジュリアは拠り所を喪ったのも同然。何も、誰も信じられない。願うのは『日常に帰りたい』ことだけ。

幸い、ここから麓までの道はさほど険しくないはず。

とにかく少しでも距離を稼いで、彼から逃げなければ、ジュリアの平穏な日常は戻ってこないのだ。

怖々足を前に出し、できるだけ何も考えまいとする。

そうして黙々と歩き続け、足裏が痛みを訴え始めた頃。

「――おや、お嬢ちゃん。逃げ出す決心がついたのか」

暗闇を飛ぶ蝙蝠に話しかけられた。相変わらず、耳に残る特徴的な声で。

「……ひっ」

「おいおい、大きな声を出すなよ。あの化け物に気づかれちまうじゃないか。俺がせっかく人の臭いを消すために、この姿で接触を図っている努力を無駄にしないでくれ」

「ひ、人の臭い……？」

「ああ。前に言っただろう？　俺たち獣人は匂いに敏感だって。地下道は酷い悪臭だったが、俺の香りはあそこで覚えられちまった。だからこうして獣の姿であんたに忠告したのさ」

夜目の利かないジュリアと違い、蝙蝠の獣人にとってはこの暗闇こそが快適な空間らしい。縦横無尽に飛びながら、「ついてこい」と言った。

「安全な場所まで、俺が案内してやろう」

「どうして……」

「それも言ったろう？　あんたが命の恩人だからさ」

信用していいか迷ったものの、ジュリア一人で明かりも持たず闇の中をさまようのは、得策ではない。

それに相手は小さな蝙蝠一羽だ。大怪我を押して助けてくれようとしているなら、振り払うのは罪悪感がある。

結局、空中で急かすように旋回する彼に促され、ジュリアは後を追うことを決めた。

道中は互いに無言のまま、早足で進む。途中、何度か「急げ」とせっつかれ、その声がジュリアの思考力を奪ってゆく。何故か、抗う気持ちが消されていった。

歩くのに向いていないサンダルが擦れ、踵と爪先が痛い。しかしそれを告げる暇《いとま》もなく、ジュリアは懸命に歩き続けた。

いつしか足のマメが潰れ、血が滲む。けれど前を飛ぶ蝙蝠に『待ってくれ』と言える雰囲気ではなかった。

――リントヴェール様との旅は、大変だったし話が弾んだわけではないけれど、とても楽しかったな……今、思い出すことじゃないのに、私はどうして……

いつも彼はジュリアを気遣い案じてくれた。だから、頑張れたのだと思う。

今夜は、ひたすら苦行だ。まるで漆黒の闇の中、永遠に終わらない行軍に挑んでいるかのよう。

足の痛みが、頭の中にかかっていた靄を晴らしていった。

――私、馬鹿だ……自分でリントヴェール様から離れると決めたのに、もう懐かしんでいるなんて……

できないとわかっていて、『引き返したい』と願っている。

理性と感情がばらばらになり、混乱しているらしい。頭に浮かぶのはすべて、彼との楽しく甘い思い出ばかりだった。

――いっそ、完全に騙し通してくれたらよかったのに……

言葉少なに獣人であることを否定するのではなく、一所懸命ジュリアを言《い》い包《くる》めてくれたなら。見え見えの嘘であっても、自分は信じたかもしれない。

何故ならこんなにも後ろ髪を引かれている。信じたい気持ちが強すぎて、判断を誤ったとしても構わなかった。

——だけどリントヴェール様にとって、私は言葉を尽くして騙すほどの存在でもなかったんだ……

そのことが、悲しい。

嘘も誠実についてほしかったなんて、自分でも馬鹿げた発想だと思う。けれどそれこそがジュリアの本心だった。

本当は騙されたことよりも、欺瞞《ぎまん》を貫く価値もないと判じられたことの方が辛いのかもしれない。時に方便は、愛情の発露でもあるから。

「——後悔しているのか？」

「え……っ」

不意に目の前を蝙蝠が横切り、ジュリアは足を縺れさせた。

二つの瞳が、不気味に光る。答えに窮していると、蝙蝠がニィッと笑ったように感じられた。ズキズキと足が痛む。

「人間は、合理的じゃない。どう考えても、あんたはあの男から離れた方がよかったはずだ。それなのに、何を思い悩んでいる？」

「……っ、そんなに簡単には割りきれないわ。それに……貴方には関係ない」

「ははは っ、尤もだ。——こっちだ、お嬢ちゃん。足元が悪いから、気をつけるといい」

いくら暗がりに目が慣れても、大まかな物の形しか捉えられない。

既に村からは遠く離れ、雲で月が陰ったのか、闇が一層濃くなっていた。

ひらりと音もなく蝙蝠が右に旋回する。それを追うつもりだったジュリアの足が、不意に止まった。

やはり、このままリントヴェールと別れたくない。まだ彼ととことん話し合ったとは言えないではないか。これ以上傷つくのが怖くて、自分は逃げ出してしまった。それでは、絶対に後悔する。

足の痛みが疑心に囚われ濁っていた思考を正常に戻す。ジュリアは首を左右に振った。

「私、やっぱり戻るわ——」

「そりゃ話が違うな。——行かせねぇよ」

「え……っ」

突然、蝙蝠がジュリアに向かって飛んできた。それを避けようとして数歩よろめく。

「——あ」

その、足が。

地面を踏むことなくがくんと落ちた。足元は漆黒の闇。

体勢を崩した身体が前のめりになる。

傾ぐ視界の中、蝙蝠がクルリと回り――ゲラゲラと耳障りな哄笑《こうしょう》を響かせた。

「あははは、今更正気を取り戻しても無駄だ！　簡単に騙されて、ざまぁないな！」

醜悪な笑い声。浮遊感。空を掻く手。

――落ちる。

ジュリアの身体が、中空に放り出され崖を転がり落ちた。

岩にぶつかり、樹々に引っかかれ、全身に痛みが走る。咄嗟に頭を庇ったものの、手も足も背中も肩も打ちつけていないところがないほど、激しく転がった。

高さにして、相当なものだろう。一瞬仰いだ夜空は、皮肉なことに雲が晴れ綺麗だった。

「ぐっ……！」

途中大木に弾かれ、再び身体が空中に舞い上がる。そして――一気に落下した。

――死ぬ。

思い出すのは愛しい人のことばかり。

人生のうちたった数日を一緒に過ごした人のことしか浮かばない。

――もしかしてこれは、あの人を信じきれなかった私への罰……？

どうせ死ぬなら、彼の手にかかった方がずっとマシだったのに。

伸ばした手を握り返してくれる手はない。地面が近づく。

次の瞬間、全身に激痛が走り——ジュリアの意識はブツリと途切れた。

◇◇◇◇◇

ジュリアがいない。

リントヴェールが明日のために地図を確認し、見回りから戻れば、既に眠っているはずの彼女の姿がどこにもなかった。

室内には、明らかに不在の発覚を遅らせるため工作された形跡がある。ジュリアの命を狙った刺客なら、わざわざ連れ去りはしないだろう。この場で手を下せばいいだけ。そもそも、侵入者にリントヴェールが気づかないはずはない。つまり、彼女は自分の意思でここを出て行ったのだと思った。

——私から離れて……？

ざっと全身の体温が下がる。

そう思った瞬間、体内に嵐が吹き荒れたのかと感じた。

怒りと焦燥で、頭がおかしくなりそう。全身が震え、制御できない。ギシギシと軋む異音が己の内側からする。

一族の者であれば、誰もが多かれ少なかれ抱えている性《さが》。それが暴れ出す。

許せない。自分からつがいを奪う者は、それがたとえつがい自身であったとしても――絶対に許さない。

衝動のまま暴れ、破壊の限りを尽くしたくなった。

――だったら思うさま暴れて壊してしまえばいい。何もかも奪い尽くし、焦土に変えてしまえ。最初から彼女に理解を求めようとしたことが間違いだった――

どうせ喪うくらいなら、いっそこの手で。

意識が、感覚が爆ぜる。自分ではない何かに変わり果てる予感。凶悪で醜悪なリントヴェールの本性が、産声を上げ飛び出しかけた。

本能が告げる。衝動に身を任せろと。それこそが自分たちの本当の姿なのだから。

「……あれは、私のものだ……逃がさない……っ」

「――落ち着け、リントヴェール！」

狂気に呑まれかけた寸前、背後から腕を取られ、動けなくなった。

引き留めてくれたのはリンデンの声。小柄な男とは思えない怪力で、リントヴェールは寝室の床に転がされた。

邪魔をされた、というのが初めに抱いた思考。だったら排除しろと内なる自分が叫ぶ。しかし背中に捻じり上げられた腕は、びくともしなかった。

「放せ……ッ！」

「お前が落ち着いたらな。どうした、らしくないぞ。さてはつがいに逃げられたのか」

「貴様には関係ない！」

「残念ながらある。兄貴分として弟が過ちを犯しかけたら、身体を張って止めないとな。せめて屋内では『解放』するな」

煩い。放せ。邪魔だ。喰い殺せ。

文章にならない単語が頭の中を木霊する。

何を犠牲にしても、あれを――己のつがいを取り戻さなければ。

リントヴェールは手負いの獣のように身を捩り、歯を剝き出しにして暴れた。だが一向に振り解けず、それどころかもう片方の手でわしゃわしゃと髪を掻き乱される。

ふぅふぅと耳障りな自分の呼吸音が鼓膜を揺らし、視界が赤く染まった。

「とりあえず、落ち着け。状況は何となくわかった。――お前よりも俺は鼻が利く。その気になれば彼女の匂いを追えるだろう。まださほど遠くへは行っていないはずだ。な？　俺の言葉が理解できるか？」

落ち着いた声音で語りかけられ、荒ぶっていたリントヴェールの精神が僅かに冷静さを取り戻し始めた。

それでもめちゃくちゃに暴れたい衝動が胸の中で燻《くすぶ》っている。それらは普段、完全に抑え込むことができるものだ。

しかし今は本能が理性を凌駕していた。

人間とは比べものにならない闘争心と破壊欲が猛り狂い、リントヴェール自身を呑み込みかける。大きすぎる感情の波に溺れ、噛み締めた奥歯が嫌な音を立てた。

「まったく……そんなに殺気を迸らせたら、見過ごすことはできないぞ。俺は妻や子どもを守らねばならんからな。ほら、落ち着け。お前ならできる」

リンデンに頭を撫でられ、背中を摩られて、幼い頃を思い出す感触に、ぎらついていたリントヴェールの双眸が知性の光を取り戻した。

何度も瞬き、彼を振り払おうとする腕から力を抜く。

深呼吸を数回。それで、瓦解しかけていたものが辛うじて繋ぎ止められた。

己が半分『人』であることを思い出す。

「――……すまない。我を忘れかけた……もう、大丈夫だ」

「だったらよかった。流石にお前に全力で暴れられたら、互いに無傷では済まない」

「……よく言う。成体にもなれない私が、お前の相手になるわけがない」

「ははっ、それは別に恥ずべきことじゃない。自然の流れならば、俺たちは従うだけだ。だいたいこっちだって、久しく本体には戻っていないからな。黴が生えているかもしれん」

ニカッと笑ったリンデンは、次の瞬間には表情を引き締めた。

昔からこうだ。この男は、軽薄な振りをして、何でもお見通しの頼りになる同胞だった。

だからこそリントヴェールは、彼と共に島を出ようと決めたのだ。

「——で？　いったいどうした。ジュリアさんに真実を告げなかったのか？」

「……まだ、その時ではないと思い、言えなかった……」

「ふん。慎重すぎるのも考えものだな。大方その辺りから誤解が生じているんじゃないか？　どう見たって彼女は、お前に想いを寄せていただろう」

「……本当に、そう思うか……？」

昔から他人をよく見ている兄貴分は、今も変わらず観察眼が鋭い。リントヴェールは、かつての『誰かに頼る』気持ちを少しだけ思い出した。

そのせいか、ずっと一人で抱えていた不安を思わず吐露する。

ジュリアがすべてを受け入れてくれるかもしれないと感じたのは、自分の独りよがりな願望ではなかったのか。全部打ち明ければ、恐れ嫌悪し、去っていってしまうのではないか
——

「おいおい、本当にお前は肝心なところで他者の気持ちがわかっていないな。それから圧倒的に言葉が足りないぞ。『言わなくても察してくれ』は甘えだ！　俺も妻によく言われる」

生まれ育った島で、リントヴェールは『最後の子ども』だった。

自分が外に出てからも、きっと新たな命は誕生していないだろう。

リンデンとはかなり年が離れているものの、それでも一番年齢の近い『友人』だった。そ

の男に引き起こされ、慌ただしく家の外に連れ出される。

漆黒の夜、村の中は静まり返っていた。

「モタモタしている時間はないな。すぐにジュリアさんの後を追おう。きっと彼女はお前を受け入れてくれる」

ある意味一番信頼する仲間に言われ、竦んでいたリントヴェールの心が励まされた。

他の誰でもない、『同じ痛みと孤独』を知るリンデンの言葉には説得力がある。

かつては彼の背中を夢中で追いかけていたのだから。

「ただし、変に格好をつけず土下座の勢いで謝れよ！　夫婦円満の秘訣《ひけつ》だからな！」

リンデンの身体が淡く発光する。

小太りだった体型が、少しずつ形と大きさを変え始めた。

◇◇◇◇◇

——寒い……。

まだ冬にはならないのに、どうしてこんなに冷えるのだろう。

指先が、凍えてしまいそう。爪先も信じられないほど冷えきっている。

マントを羽織っていても、極端に布地が少ない服を着ているからだろうか。

──ああ……私、踊り子の衣装のまま……

ジュリアは重い瞼を震わせた。

酷く、怠い。全身の倦怠感が激しくて、瞼以外どこも動かせなかった。何故自分がこんな薄着でいるのかわからず、次にどうして深夜の屋外に転がっているのか戸惑う。

──……？　何があったの……？

起き上がろうとしてもどこにも力が入らない。それでも強引に手を動かそうとして、全身に激痛が走った。

「……っぐ」

漂う、嫌な臭い。微かに震わせた指先が、滑る液体を捉えた。

血だと気がつくには、随分な時間を要したと思う。しかもそれが、自分自身からの出血だと悟るまでには、更なる猶予が必要だった。

──いったい何が……っ？

記憶が混濁して、思い出せない。

ただ、大量の血液を失ったから寒くて仕方ないのだと察した。

見上げた先には、高い崖。どうやらあの上から落ちたらしい。

とてもじゃないが、仮に無傷であってもジュリアには登ることなど不可能だろう。

自分が倒れている周囲には樹々が生い茂り、人が立ち入った様子が一切ない。つまり、日常的に誰かが行き来する場所ではないのだ。

見つけてもらうことは絶望的。まして抉れた形に切り立った崖は、上から覗いてもジュリアの姿を視認できそうもなかった。

——誰か助けて……ああでも、声も出ない……

大声を出そうとすると痛みが酷くなる。それどころか息を吸うことさえ苦しい。内臓のどこかが傷ついたのかもしれない。

絶望的な状況に、ジュリアは一筋涙をこぼした。その濡れた頬に、風の流れを感じる。

「——おやぁ？　念のため確認しに来たら、まさかまだ息があるとはなぁ。あの高さから落下して、即死じゃないとは驚いた」

男の声がすぐ傍でして、ジュリアは閉じかかっていた瞼を押し上げた。

人だ。救助に来てくれたのかと、瞬間的に期待が膨らむ。だが。

「恩人のお嬢ちゃん。あんたのおかげで、俺は報酬を独り占めできる。ありがとうなぁ。でも俺一人であの化け物の目を掻い潜《くぐ》りあんたを殺すのは無理だから、こうして知恵を働かせたのさ。人間は呆《あき》れるほど間抜けだから、まんまと上手くいった」

その台詞で、ニヤニヤと見下ろしてくる男の正体がわかった。

——蝙蝠の獣人。

人型を取った男は全身黒尽くめで、宵闇を背負い嫌な形に唇の端を吊り上げた。その右眼付近には、特徴的な大きな傷がある。

しかし声は微妙に違う。人と蝙蝠では形が違うせいで、発声も異なるらしい。

「何事も警戒と確認は大事だな。俺は用心深いから、今まで生き残ってこられたんだ。あんたが、俺の特殊能力である声による暗示を解いた点は想定外だったが――結果は変わらん」

男が懐からナイフを取り出す。

月光を反射し、研ぎ澄まされた刃が不穏に光った。

逃げなければとジュリアの本能は訴えるのに、手足どころか指一本まともに動かない。

まるで地面に張りついてしまったかのよう。声も出せず、唇を震わせるだけ。

口内は血の味が絡み、それを吐き出す余力もなかった。

「このまま放っておいても、間もなく死んじまいそうだが……お嬢ちゃんは俺の恩人だからな。せめてこれ以上苦しませず、終わらせてやるよ」

嫌だ。やめて。助けて。

言いたい言葉は沢山あるのに、一つも声になってくれなかった。掠れた悲鳴にもなりきれない呻きが、辛うじて漏れたのみ。

弱々しいジュリアの叫びは、誰に届くこともなく虚空に消えた。

――やっぱりこれは、信じなきゃいけない人を疑った、愚かな私に対する罰なんだ……だったら仕方ない。

けれどせめて自分の口からきちんと謝りたかった。最後に一目、あの人に会いたい。

――リントヴェール様に『ごめんなさい』と言いたかったな……それから……愛していると……

人間でも獣人でも、それ以外のものだったとしても関係ない。ジュリアが心から愛した彼にもう一度だけ――

「ジュリア！」

――……幻聴が聞こえる……

あまりにもたった一人のことを考えていたから、聴覚だけでなく視覚もおかしくなってしまったらしい。

そうでなければあり得ない。今見えているものが信じられず、ジュリアは瞠目した。

「な、何だ、あれは……っ」

空を覆い尽くす巨大な何か。その背に、人が乗っている。距離がありすぎてはっきり姿を確認できないけれど、彼の声を聞き間違うはずはない。そして、月光に煌めく銀の髪も見間違えようがなかった。

――リントヴェール……様……っ
会いたくて、戻りたくて、幻を見ているに決まっている。

この世界にあれほど大きな、飛翔《ひしょう》可能な生き物はいない。存在するとすれば、神話の中にだけ。

竜と呼ばれた空想の生物だけだ。

故にすべては幻影に違いない。

ましてことあろうに遥か彼方《かなた》の上空から、彼が空中へ身を躍らせるなんて、夢以外考えられなかった。

——あんなに高い場所から飛び降りたら、どれほど身体能力が高い獣人だって、死んでしまう……っ！

軋む身体に鞭打《むちう》って、ジュリアは空中に手を伸ばした。

自分こそ瀕死《ひんし》の状態であるのも忘れ、リントヴェールのことだけを思う。

——お願い。誰でもいいから、あの人を助けて！

その時、落ちてくる彼の全身が淡く発光した。

体積が膨らみ、形が変わる。

もともと逞しい腕が更に太く長くなり、骨格が変化した。人間にはあるはずのない尾と角が生え、肌が硬い鱗《うろこ》に覆われる。

そして巨大な翼が風を生んだ。

本や伝承でなら、有名な形。しかし空想上の生き物とされたその姿は。

——竜……？

あまりにも神聖な姿に息を呑む。

呆然としているのは、ジュリアだけではない。真横に立つ黒尽くめの男も、目と口を開いて上空を見上げていた。

「ば、化け物……っ、竜人だなんて、話が違うっ！　本当に実在したのか……っ？」

慌てふためいた男は腰が抜けたのか、その場に尻をついた。

二頭の竜が荒々しく咆哮《ほうこう》する。空気がビリビリと振動し、樹々が激しく揺らされた。

夜が一変する。

今この場を支配するものが何であるか、あらゆる生き物が本能で悟った。虫も獣も——人間も。神々しい存在に、何もかもが畏敬の念を抱かずにはいられなかった。

「ひぃいっ」

獣人の男が、四つん這いになって逃げ出そうと足掻く。そこに巨大な影が重なり——地響きを立てて竜の巨体が着地した。

銀の鱗とサファイアブルーの瞳を持つ、美しい巨大生物。

身体はどこもかしこも強靭《きょうじん》な鱗に守られ硬そうなのに、しなやかさも混在している。雄々しい頭部から流線型の尾まで、月光を受け仄かに煌めく。すべてが現実のものとは思えない美しさだった。

——これは死に際に見る夢……？　それとも、私はもうとっくに死んだ……？

「……ジュリア」

夜を震わせる声だけは、聞きたくて堪らなかった彼のもの。平素より少し低いが、心の奥まで沁み渡る美声。そのことに心底ほっとした。

吐き出された響きに、ジュリアに対する憤りが感じられなかったせいもある。彼は、怒っていない。純粋に助けに来てくれたのだと、心から信じられた。

──でもごめんなさい……リントヴェール様……私はもう……

せめて自分の口から、彼を信じ抜かなかった謝罪を告げたい。けれど喉に血が絡み、嫌な喘鳴《ぜんめい》を上げることしかできなかった。

視界が暗くなってゆく。不思議と痛みも遠退いていった。すべての感覚が曖昧になり、ジュリアは自身の『死』が近いことを悟る。

──最後にこうして会えただけでも、私はやっぱり運がいい……

終わりの瞬間まで彼の姿を見ていたくて、目を閉じまいと抗う。

すると霞む視界の中、リントヴェールがジュリアを抱き起こしてくれた。

──あれ？　いつの間に人の姿に戻ったの……？

意識が途切れ途切れになっている。いよいよ旅立つ時が来たらしい。

自力では動かせない顎を摘まれ、僅かに上向かせられた。

「──飲みなさい」

唇に押し当てられたものは何だろう。わからない。だが懐かしくも切ない、甘い香りが濃密に漂った。

――無理です……もう口を開く力もない……

「頼む、ジュリア。飲んでくれ」

そう言われても、混濁していく意識のせいで唇が動かせず、どこにも力が行き渡らなかった。

――ああ、駄目だ……

諦念で、瞼が落ちる。世界が滲む。

ジュリアをこの世に繋ぎ止めていた最後の糸が千切れる瞬間、彼の唇が重ねられた。

何度も交わしたキスの味がよみがえる。

甘くて、激しくて、官能的だった数々の口づけ。

違うのは、口内にリントヴェールの血の味が広がったことだけだった。

普通、血液を大量に飲み込むことなんてできるわけがない。しかし流し込まれたそれを、ジュリアは喉を鳴らして飲み下した。

――甘い。

これまでに一度も口にしたことのない味。香しい匂い。爽やかな喉越し。もっと、と心と身体が求める。

一口飲むごとに失っていた五感が戻ってきた。視覚と聴覚も鮮明になる。ジュリアの息が整い、弱まっていた心音が力強く脈打ち出した。

「あ……」

痛みを感じるのは、生きている証拠。

動かせるようになった腕を持ち上げれば、より強く彼に抱きしめられた。

「――もう大丈夫だ、ジュリア。竜人の血はあらゆる傷と病を癒やす」

「竜……人……」

ああやはり、と不思議なほど冷静に納得した。

ずっと疑問だったことが、その事実ですべて説明される。だとしたら、リントヴェールが獣人ではないと否定したのも当たり前のことだ。

――私ったら勘違いして……謝らなきゃ。――でもそれより今はもっと大変なことが……

「な、何で裸なんですか……？」

ジュリアを情熱的に抱き寄せる彼は、一糸纏わぬ姿だった。

それどころか、後方に立ち上機嫌で手を振るリンデンも堂々と裸体を晒している。

せめて前を隠せ。

「ああ。成体――竜化する際に服は全部破けた。脱ぐ余裕はなかったから、仕方ないな。それに私は変化するのが初めてなんだ。大目に見てくれ」

「え、え？」

「つがいのために、これまで一度もできなかった竜化をぶっつけ本番でやってのけるとは、流石俺の弟分だ。よくやったぞ、リントヴェール」

「今回ばかりはお前のおかげだ。――礼を言う」

つまり、この状況から考えて、リンデンもまた竜人だったのか。そしてリントヴェールを乗せて最初に現れた竜は、リンデンだったらしい。

まだ頭が混乱して、まともに物が考えられない。ジュリアが戸惑っている間に、リンデンが持っていた袋から服を取り出した。

「俺はお前と違って、着替えは準備してきたがな。これが経験値の差だ。感謝し、崇めるがいい。だがせっかくだから、もう一度竜化して飛んで行け。その方が目的地まで一瞬で行かれるだろう？　服は餞別《せんべつ》にくれてやるよ」

「――ありがとう、リンデン」

非常に嫌そうではあったが、リントヴェールは素直に頭を下げた。

そして再び、全身を変化させる。

間近で見る竜化は、ジュリアを驚かせた。

とても同一人物だとは思えない。何よりも大きさが違いすぎる。竜の顔の長さだけで、人の身長を遥かに超えていた。

けれど目は同じだ。

ジュリアが惹かれてやまない、愛しい人の澄んだ青だった。

「服を持って、手に乗ってくれ。ジュリア」

「あっ、はい」

半ば呆然としていたジュリアは、慌てて言われた通りにした。

リンデンがくれたリントヴェールの服を抱え、伸ばされた竜の掌によじ登る。そっと握り込まれれば、不思議と安心した。

たとえ鋭い爪があっても、リントヴェールが自分を傷つけるはずがないと確信できる。

一度でも疑ったことを恥じ、大きな手にそっと頬擦りした。

人の皮膚とはまるで異質な感触。爬虫類のものに近い硬さと冷たさ。それなのに、酷くジュリアの心は安らいだ。

「彼女を襲った男は、一応まだ息があるな。大事な証人だ、ひとまず俺が預かってやるよ。後で回収しに来るといい。先を急いでいるんだろう？　気をつけて行け」

「ああ、リンデンも。色々と……その、感謝している」

「また会いに来い。——いや、俺から会いに行こう。六人目が生まれたら王都に行く」

感動的な別れであるはずなのに、片方が竜、もう片方が全裸の男ではどこか締まらない。

ジュリアは見てはいけないものを見た心地で、ひっそり目を逸らした。本当に、せめて前を隠してくれ。

「待っている。家族と幸せに暮らしてくれ」

「ああ、お前も。幸せになれ」

リントヴェールが巨大な翼を広げ、一気に風が巻き起こる。ジュリアが目を閉じ、再び開いた時には、地面が遥か下になっていた。

「きゃ……っ、あ、あの、ありがとうございました！　リンデンさん……！　奥様にもよろしく……衣装を持ち出してごめんなさい……！」

ジュリアの叫びは届いたらしく、リンデンが地上で手を振ってくれた。その姿は、あっという間に小さな点になり、見えなくなる。

「——このまま殿下の別邸に向かう。夜が明ける前に到着できるはずだ」

「そんなに短時間で……っ？」

これまでの道中で遠回りしたこともあり、本当ならまだ五日以上はかかると思っていた。しかしたった数時間で辿り着けると彼は言う。

「成体になれたのは初めてだが……どうやって飛ぶかは身体が知っている」

周囲の風景が瞬く間に後方へ流れてゆく。寒さや強い風を感じないのは、リントヴェールが遮ってくれているからだろう。

鱗に覆われた指の隙間から景色を覗き見て、ジュリアは感嘆の声を漏らした。

動いた。

「……すごい。月と星が近い……」

手を伸ばせば届きそう。

煌めく光の洪水に目を奪われる。ずっと空を眺めていると、迷うように彼の指が少しだけ動いた。

「――聞いても、いいだろうか。貴女が一人で抜け出した理由を……」

「あ……」

許されるなら、話したくない。理由は『貴方を信用しなかった』の一言に尽きてしまう。

いくら蝙蝠の獣人に惑わされたとしても、言わずに済むなら、その方がいい。

しかしはぐらかすことはできなかった。リントヴェールに嘘をつかれたと思い込んだからこそ逃げ出したジュリアに、適当な偽りは述べられない。

もしも真実を告げ嫌われても、自業自得だ。

ジュリアは怖気づく心を叱咤して、山中での出来事からすべて打ち明けた。

簡単に信頼を揺らがせた、自分の弱さも卑怯さも、包み隠さず丸ごと全部。

「――ごめんなさい……リントヴェール様」

「……いいや。元を正せば私が悪い。貴女が竜人の私を受け入れてくれるかどうか、信じきれなかった自分の落ち度だ。何度も、打ち明ける機会はあったのに……」

互いに謝り合って、言葉が途切れた。

風の音だけが隙間を埋める。

ジュリアは彼の鱗を撫で、そこへ唇を落とした。

「……この姿の貴方も、私は好きです。まだ吃驚はしていますが……竜人の存在が創作ではなく真実だとわかり、興奮もしています」

人間とは何もかも異質な生き物を厭《いと》う気持ちは、ジュリアの中になかった。

外見がどれだけ変わっても、中身がリントヴェールだと思えば愛おしい。

硬い皮膚も、恐ろしい爪も、鋭い眼差しも、丸ごと愛せるものだと断言できた。

「本当か……？　ジュリア」

「はい。——あ、でも一つお聞きしていいですか？　その……何度か貴方が私の首を噛もうとしていた気がするのですが、あれはいったい……」

今更食べられるのではないかとは疑わないが、確認はしておきたい。今後万が一にも余計な疑心を持たないために。

「……気づいていたのか。あれは——つがいの儀式だ。我ら一族はつがいの首筋を噛み合って、正式な伴侶と認められる。私は一刻も早くジュリアを自分のものにしたかった。だが己の思いだけで勝手に決めていいことではない。話す踏ん切りがつかず、焦るあまり中途半端なことをしてしまった……許してほしい」

「つがい……」

またその言葉だ。しかし話の流れから、ジュリアにもぼんやりと意味がわかった。

「本気で私を……一緒に生きてゆく相手に選んでくださるつもりだったんですね……」

「当たり前だ。我らは個体の生命力が強いせいか、滅多に繁殖が成功しない。年々数を減らすばかりで、滅びゆく一族だ。その上つがいに出会えることは奇跡に等しい。そんな状況を憂いて、リンデンや私のように島の外へ飛び出す者もごく稀《まれ》にいる。それでも──つがいを見つけるのは至難の業だ」

そこで一度言葉を切った彼は、大きな瞳でジュリアを見つめた。

「つがいとは、本能で惹かれ合う、生涯たった一人の伴侶。変更はできないし、手に入れられなければ精神が壊れることもある。それでも、もしもジュリアが嫌だと言えば、手放さなければならないと思った。人間は、私たちほど強くつがいを求めるわけではないから……」

つまりすべてはジュリアのため。知らない間に、とても大事にされていた。

心が引き裂かれるとわかっていながら、逃げ道を残してくれていたのだと知り、歓喜で肌が粟立つ。大きすぎる愛情を前にして、涙が滲んだ。

「私がつがいだと、何故言いきれるのですか？」

「匂いだ。甘くとても香しい芳香が、いつもジュリアから漂っていた。──貴方は感じたことがなかったか？　竜人でなくとも、つがいには伴侶の臭いが嗅ぎ分けられると聞いた」

「……出会った当初から、リントヴェール様は素敵な香りがしていました……」

頭も心も身体も惹きつけられる魅惑的な香り。あれはそういう理由だったのかと驚いた。初めて会ったあの時から、運命は回り始めていたらしい。

もうとっくに離れることはできなかったのだと、ジュリアは感動で打ち震えた。

手に入らなければ己を見失う——恐ろしくも何て一途でまっすぐな想いだろう。それが自分だけに向けられている。だとしたら、この恋を諦めなくていいのだと背中を押された。

「私、リントヴェール様を心からお慕いしています……！」

「ああ……ジュリア。こんな時でなければ、思いきり抱きしめられるのに」

「い、今は勘弁してくださいっ、たぶん潰されて死にます……！」

プチッと握り潰される未来しか見えない。何せ相手は、片手だけでジュリアをすっぽり包めるほどの巨体なのだ。

「ああ。お預けだな。殿下にお会いして貴女の身の安全を確保したら、思う存分愛し合おう。そして正式につがいの儀式を結んでほしい」

微かに不安を揺らめかせた声で言われ、ジュリアの胸がキュンッとときめいた。

こんなにも大きな図体《ずうたい》をして、何て臆病な人なのか。

人型であれ竜型であれ、美しく才能にも恵まれているのに、ジュリアの返事一つに怯えている。そのことがとてつもなく可愛らしく感じられた。

「勿論です、リントヴェール様。こちらこそ……よろしくお願いいたします」

まさか将来の誓いを飛行中に立てることになるとは思わなかった。人生、何が起こるかわからないものである。

——殺人事件に巻き込まれて、命を狙われ逃亡する破目になって……実在しないと思っていた竜人に愛を囁かれている……私の人生、波乱万丈だなぁ……

それでも、この先を彼と歩めるなら構わない。どんな試練も、乗り越えていけると思えた。

「——ああ、間もなく目的地に着く。流石にこの姿で別邸の敷地内には降りられないから、少し手前から歩いて行こう」

「もう、敵は現れないでしょうか……？」

「私たちを追っているなら、まさかこんなに早く辿り着くとは考えないはずだ。万が一予想して待ち構えていたとしても——私が蹴散らす」

ぶんっと空中で振られた尾には、説得力があった。この巨体が相手では、どんな獣人が束になって挑んでも敵わないと納得できる。

「リントヴェール様が守ってくださるなら、安心ですね」

「ああ。ジュリアに二度と血を流させないと誓う」

少しずつ高度が下がり、地面が近づく。

遠く地平線から昇り始める太陽が微かに見え、ジュリアは目を細めた。

あと少しで、旅が終わる。夜明けと共に。一時は、永遠に明けない夜をさまよっているようだった迷路の終着地点が、ようやく見えた。

地上が迫り、最後に空中で下降の勢いが緩まって、ふわりと着地する。

衝撃はまったくなく、ジュリアは詰めていた息をホッと吐き出した。

「さて、少々距離はあるが、別邸に辿り着くまで二人きりの旅を楽しもうか」

「リントヴェール様ったら……」

人型に戻った彼は、リンデンから受け取った服を纏い、にこやかに手を差し出してきた。

ジュリアは迷わずその手を取る。

追い立てられない道中は今まで以上に会話が弾んだ。

ここに至る行程を考えれば、多少の距離など問題ではない。尽きない話題を楽しんでいるうちに、やがて別邸に到着した。

待っていたのは、リントヴェールと同じ近衛の一人。証言者であるジュリアを、心から労ってくれた。

これでもう安全だと告げられ、全身から力が抜ける。

リントヴェールが別邸に到着した連絡を受け、王太子は急ぎこちらに向かっているらしい。

その間に、ジュリアは踊り子の衣装を着替えることになった――のだが。

「――せっかく似合っていたのに。脱いでしまうのは惜しいな」

「あの際どい格好で王太子様の前に出る勇気は私にはありません。どちらにしてもあちこち破けて汚れていましたし……──そんなことよりリントヴェール様……何故私と一緒に入浴しているのですか……？」

二人並んで広々とした湯に浸かるのは二度目だが、解せない。

何がどうしてこうなった。

見事な彫刻から天然の湯が注がれる巨大な浴槽からは、湯気が立ち上っている。入浴の手伝いは断ったものの、本来風呂は一人で浸かるものではないのか。

「私も身綺麗にしなければ近衛として面目が立たない。広い浴室があるなら、共に入る方が合理的だろう。時間の短縮になる」

「……」

やはり彼の感覚は、世間と微妙にズレている。

それとも獣人と同じように、竜人たちも人とは違う常識や感覚を持っているのだろうか。

「まぁ、いいです……もう慣れました。それより、肩の傷はすっかり塞がったんですね」

「あんなもの、かすり傷だ。そんなことより、ジュリアの怪我は大丈夫か？　竜人の血で癒えたとは思うが……無理は禁物だ」

心底案じている視線を向けられ、心の奥がほっこりと温かくなった。

嬉しくて、自然と頬が緩ぶ。

「問題ありません。たぶん骨折とかもしていたと思うのですが……この通りです」

両手を握ったり開いたりを繰り返し、ジュリアは万全の状態であることを彼に見せた。表面の出血は勿論、内側に痛みや動かしにくさも残っていない。完全に怪我のすべてが治っている。それどころか疲労感もなくなっていた。

「驚くべき効果ですね……ありがとうございます」

「竜人の血の秘密は、一族とつがいにしか明かさない。いらぬ争いを生みかねないから、掟《おきて》で決まっている。ジュリアもどうか、守ってくれ」

「はい。誰にも話しません」

秘密を共有する相手に選ばれたことが誇らしく、頬が紅潮する。深く愛され信用されているのだと、言葉にしなくても伝わってきた。

擽ったい優越感。改めて愛おしさが胸に迫った。

「……そういえば、王太子様はリントヴェール様が竜人であることをご存じないのですか？」

「いや、告げてある。私が人間社会で生きていこうと決め、偶然知り合ったのがあの方だった。当時はまさか王太子とは思わなかったが……親しくなって間もなく、『一緒に国を造らないか』と誘われた。その時に、私の正体については明かしている」

リンデンと二人で島を出た後、リントヴェールたちは行動を別にしたらしい。共にいれば、どうしたって同族同士甘えが出る。それぞれが望む道を歩むため、あえて一緒にいない生き方を彼らは選んだそうだ。

「王太子様を本当に信頼していらっしゃるのですね」

「……あんな人間に出会ったのは初めてだ。殿下の人柄に触れたからこそ、私はもっと人間について知りたいと思った」

彼らの間にはとても強い結びつきがあるのだろう。そこには、きっとジュリアも立ち入れない。嫉妬に似た思いが僅かに宿った。

「少しだけ、羨ましいです」

「殿下には、改めて感謝しなければならないな。こうして、ジュリアに出会える奇跡を与えてくれたのは、あの方だ。——愛している、ジュリア」

濡れた肩が触れ合い、鼓動が跳ねた。

蒸気が立ち込める浴室で、互いにじっと見つめ合う。

高貴なサファイアブルーの瞳に吸い寄せられ、気がつけば情熱的なキスを交わしていた。

「……んっ……」

ぽちゃんと湯面に滴が落ちる。描かれた波紋が、二人を中心にして広がっていった。

何物にも隔たれず抱きしめ合えば、密着する肌から愉悦が滲む。触れ合っているだけでもう、頭の芯がジンと痺れた。

「貴女を喪えば、生きられない」

「……っ、私も……同じ気持ちです」

魂が結びついて解けなくなればいい。そうすれば何があってもずっと一緒にいられる。

ジュリアは大きく口を開け、リントヴェールの首筋に噛みついた。

勿論、彼の肌を傷つけないよう最大限の注意は払う。それでも、噛み痕がつく程度には、顎に力を込めた。

「ジュリア……っ」

感極まった声音で名前を呼ばれ、下腹で熱がうねる。

情欲を宿した双眸が近づいてきて、ジュリアは自ら首筋を差し出した。

「い、痛くはしないでくださいね……っ」

「貴女に一欠片の苦痛も与えはしない」

「あ……っ」

硬い歯が皮膚に食い込む。ドクドクと鼓動が暴れ、噛まれている事実が生々しく伝わってきた。

そのままどれくらい時間が過ぎたのか。

満たされた息を吐き、リントヴェールが頭を起こす。首筋をペロリと舐められ、ジュリアはか細く声を漏らした。

「……っ、擽ったい……」

「これで、私たちは正式なつがいになった。もう二度と離れない」

口約束だけではない『誓い』。

法的拘束力はなくても、それが魂に刻まれた反故《ほご》にできない約束であるとジュリアにもわかる。本能が『ただ一人の自分の男』を認め歓喜した。

濡れた乳房を揉まれ、早くも尖り始めた先端を摘まれる。肌が火照っているせいか、これまで以上に敏感に感じた。

「……あっ」

絶えず湯が注がれる浴槽は、ジュリアが動く度に縁から湯が溢れ出た。

勿体ないと思うものの、肌をなぞる彼の手の熱さで思考が霞む。喘ぎを抑えようとして唇を引き結べば、濃厚な口づけを施された。

「ん、ぁ……んッ」

互いに舌を伸ばして、淫らに絡める。鼻を擦り寄せ合い額を当て、頬を撫でて耳朶を弄った。

まるで相手の形を確かめるように何度も指先を往復させる。弄る動きは、次第に首から下へと移動した。

「……っ、リントヴェール様……っ」

足のつけ根に忍び込んだ指先に、湯の中で揺らぐ和毛《にこげ》を掻き分けられる。その奥に潜む花芯を探り当てられ、ジュリアは桃色に染まった肌を震わせた。

「もっと足を開いて……そう。上手だ、ジュリア」

膝立ちになることを要求され、胡坐をかいて座る彼の前で乳房を見せつける体勢になる。

透明度の高い湯は、身体を隠してくれない。けれど恥ずかしさよりも期待の方が遥かに上回っていた。

先ほどからドキドキしているのは、全身が温まっているせいではない。早くリントヴェールに触れてほしくて、滾っているからだ。

ジュリアが濡れた吐息をこぼせば、男の指が泥濘に沈められた。

既に潤っていたそこは、難なく二本の指を呑み込んでゆく。内壁を柔らかく擦られ、それだけでジュリアは達してしまいそうになった。

「……あッ……、何でこんなに……っ、身体が熱い……っ」

自分でも戸惑うほど、感度が上がっている。この行為に慣れたことだけが原因ではない。

抗いがたい愉悦の波に、腰が勝手に動くのを止められなかった。

「つがいの儀式を終えたからだ。もう貴女は、別の男には決して反応しない。勿論、私も」

「ではリントヴェール様は一生私のものですか……？」

「そして貴女は永遠に私のものだ」

決して解けない鎖に繋がれたよう。しかしちっとも嫌でない。むしろ感激して、ジュリアは自ら彼に口づけた。

「嬉しい……」

蜜洞を出入りする指の動きが速くなる。

濡れ襞が戦慄き、もっと奥へと誘っていた。更なる充足感を求め、淫靡に下腹が波立つ。

赤く色づいた乳頭に歯を立てられると、もう我慢できなかった。

「あッ……や、あんっ……」

見下ろせば、既にリントヴェールの楔は雄々しく勃ち上がっている。ジュリアが腰を下ろすだけで、体内に迎え入れられそう。

ごくりと喉が上下したのは、淫らな女の隠しきれない情動だった。

「ジュリア、こっちへ」

「え？」

はぐらかすかの如く手を引かれ、ジュリアは浴槽の縁に導かれた。そこへ腰かけた彼が、ジュリアの身体を湯船から抱き上げる。

大量の湯が滴り落ち、下ろされたのはリントヴェールの膝の上だった。

「貴女の中に湯が入ったら可哀想だ」

背筋を撫で下ろされ、意味深に尻を摑まれる。淫靡な手つきに、より渇望が煽られた。

軽く視線を下に向ければ、すぐそこに彼の昂りがある。それが欲しくて堪らない。焦らされた心地でジュリアはリントヴェールを窺った。

「あ、あの……」

「欲しかったら、自分で入れられるか？」

卑猥な誘惑を耳に注がれ、体内が甘く疼いた。ドキドキして、汗が滲む。

ジュリアが戸惑いの視線を向けると、彼は嫣然《えんぜん》と微笑んだ。

「つがいに求められるのは、雄として最高の悦びだ」

うっとりとした声音で囁かれ、リントヴェールがどれほど切実に伴侶を求めていたのか、ジュリアには理解できた。

――竜人にとっての『つがい』は、人間の『夫婦』よりももっと出会うことが難しい存在なんだ……

生涯ただ一人の相手。

それを見つけるのは容易なことではない。見つけたところで、同じ想いを返してもらえるとも限らない。

もしも相手が同族でなければ、他種族として拒絶される可能性が極めて高い。

楽園である島を飛び出し、無事己の半身を見つけ出したリンデンは、非常に稀有《けう》な存在なのだろう。

ジュリアは別邸まで歩いてくる道中、リントヴェールと交わした言葉を思い出した。

――『遥か昔、竜人は人間と獣人に恐れられ、排除され――それでも戦いを望まなかった。脆弱で卑怯な、けれど逞しくもある彼らを、愛していたから。故に一切の交流を絶ち、孤島で生きることを決めた』――

だがその時には他種族との交配で血が薄まり、リントヴェールのように竜化できない者も増えていたという。

そうして何百年も何千年も、次第に減る同族だけで静かに暮らした。時が止まったかのような隔絶された世界の中で。

――『三百年間、島で生まれた最後の子どもとして生きた私は、五十年前リンデンと共に島を出る決意をした。あの頃は、二人とも同じ年齢くらいに見えたのに――あいつは随分年を取った。だが、幸せそうで本当に安心した』――

竜人は、他の種族よりも圧倒的に長命だ。しかも、成人に達してからは、老化が更に遅くなるらしい。人間から見れば、まさに不老長寿と言えるほど。

だがそれは、同族をつがいに迎えた場合のみの話で、他種族と契りを結べば、相手と同じ速度で老い、寿命も同程度になる。

つまり選んだ相手によって、彼らは得られるはずだった長い時すら差し出すことになるのだ。それを深すぎる愛情と呼ばず、何と表現するのか。

「リントヴェール様は、私のためにあと数十年しか生きられなくなってしまうのですね……」

「それがどうした？　つがいを見つけられず孤独に悠久の時を生きることと比べたら、喜びしかないじゃないか」

微塵の迷いもなくまっすぐ告げられ、心が震えた。

永遠にも等しい時間より、自分を選んでくれた歓喜に涙が滲む。

今後一生、彼の傍にいたいと全身全霊で願った。

「……貴方に沢山の家族を作ってあげたいです……」

きっとリンデンの妻も同じ気持ちだったのだろう。彼女の思いが痛いほど胸に迫る。

故郷も寿命も仲間も捨て、己を選んでくれた相手に真心と温かい居場所を用意してあげたかったのだと思った。

「ありがとう。ジュリア」

腰を引き寄せられ、ジュリアはたどたどしい動きで身体の位置を調整した。

ゆっくり体勢を落とし、蜜口に屹立の先端が触れる。

ふるりと身を戦慄かせれば、淫蕩な手つきで急かされた。

「はやく、貴女の中に入りたい……」

掠れた官能的な男の声で囁かれ、ジュリアの花弁がはしたなく濡れる。

急いているのは、自分も一緒。一刻も早く空《うつ》ろを埋めてほしい。それができるのは、リントヴェールだけだった。

「……ぁ、あ……っ」

淫道を埋めてゆく質量に声が押し出される。ぶわりと汗が浮き、圧迫感と快楽が駆け抜けた。

「気持ち……いい……っ」

動かなくても、媚肉がきゅうきゅうと彼の肉槍に絡みついて扱き立てる。蠕動する蜜襞は、いやらしく正直だった。

もっと。激しく。奥まで。貪欲に求めてやまない。

「ジュリア……っ、そんなに締めつけられたら、長く持たない……っ」

「あ……っ、だって……！」

ずっとこうしていたい願いと、早く子種を注いでほしい気持ちが拮抗する。高まる欲望に従い、ジュリアは腰を前後に揺らした。

真正面から抱き合って座っているため、互いの胸が密着する。彼の硬い胸板にジュリアの乳房が柔らかく潰され、頂が擦られた。

にちゃにちゃと淫靡な音を奏で、隘路が悦楽を生む。膨れた花芽も刺激され、一気に快感が増幅した。

「……ぁああっ」

湯船に注がれる湯の音より、自分たちの立てる淫音が大きく聞こえた。

乱れた吐息に乱打される心音。そしてつがいを咀嚼する水音。

濡れた肌をくねらせ、四肢を絡ませ合う。一つに戻ろうとするかのように、夢中になって求め合った。

「んぁつ、ぁ、ああんッ」

「ジュリア、綺麗で可愛い、私のつがい……っ」

「ひ、ぁああ……っ」

下から鋭く突き上げられ、浮いた身体が落ちるのに合わせ、再び深く貫かれた。

衝撃が脳天に響き、指先まで痺れる。丸まった爪先は、間断なく湯を跳ね上げた。

「アッ、ぁんっ、あ、んぁあ……ッ」

リントヴェールの腕に支えられながら、ジュリアは淫らに踊り続ける。喉を晒した瞬間、口づけと呼ぶには獰猛に食らいつかれ、それさえも快楽の燃料になった。

「ぁ……あッ、も、ぁあんッ」

激しく揺さぶられて、必死で彼に縋りつく。

濡れた肌が滑り、より躍動感を覚えた。一対の獣となり、互いにつがいだけを感じる。

うねる悦楽が高まって、早くも弾けそうになった。

「あ、駄目……っ、もう……ッ」

「愛している、ジュリア……っ」

共に同じ律動を刻み、淫らな階《きざはし》を駆け上がる。その先にある圧倒的な愉悦を求め、無我夢中でキスをした。

「んぁ……ッ」

絶頂に達したジュリアの嬌声は、彼の口内に吐き出された。口の中も蜜窟もリントヴェールでいっぱいになる。

更に迸る熱液に満たされ、ジュリアの身体の全部が彼に塗り潰された。

「……ぁ、ぁ……」

子宮に白濁が溜まってゆく。いつか実を結ぶことを祈り、ジュリアは下腹にそっと片手を当てた。

未だ断続的に快楽の波が寄せ、全身が不随意に動く。その度に彼の形を生々しく感じ、陶然とした。

「……リントヴェール様が、私の中にいます……」

「……っ、そういうことを言うな……っ、もっと貴女が欲しくなる……っ」

「あ……」

一度欲を放ったはずの彼の剛直が、再び力を取り戻す。

淫猥な変化に、ジュリアはうっとり微笑んだ。

「私も、同じです」

唯一絶対の相手に狂おしく求められ、花弁が蜜をこぼす。

手を繋ぎ舌を絡ませ、二人はまた喜悦の波を漂った。

エピローグ

「よくやった、リントヴェール。これで奴らを一掃できる。ジュリアも、ここまで足を運んでくれて、感謝する」

「そ、そんな……」

煌めく金の髪に聡明な緑の瞳を持つ王太子から礼を述べられ、ジュリアは畏《かしこ》まって頭を下げた。

大急ぎで駆けつけてきた王太子は、そこにいるだけで光り輝くような存在感を放っている。

同じ美形でも、静謐《せいひつ》さを感じさせるリントヴェールとはまた違う魅力だ。

たとえるなら太陽と月。

あらゆるものを照らす光と、見守ってくれる穏やかな明かり。言うまでもなく、ジュリアが好きなのは後者だった。

「事前に受けた報告では、大層苦労したようだな」

「それほどでもありません。裏切り者の目星もつきましたし……得たものの大きさを思えば、苦労などないも同然でした」

「ちょ……リントヴェール様……っ」

王太子の前だというのに、堂々とジュリアの腰を抱いてくる彼に啞然とした。

恥ずかしい以前に、不敬ではないのか。王族の前で、いちゃつくなど考えられない。

しかもそのまま進み出て、王太子に短刀を渡すとはどういうつもりだ。

「地下道で襲撃してきた男が落としたものです。これは第二王子の近衛の装備品。それにジュリアを狙った蝙蝠の獣人は私の昔馴染みが拘束してくれています。まだ死んでいなければ、ですが」

「よくやった——まったく……私の邪魔をしなければ腹違いでも冷遇するつもりはなかったのに……愚かな弟だ」

声を落とした王太子は深々と嘆息した。

その間も、リントヴェールはジュリアの腰を抱いたまま平然と立っている。

「あの、そろそろ放してください……」

「ははっ、大丈夫だ、ジュリア。私たちは主従関係以前に無二の友。親友が探し求めていた伴侶を得たなら、祝福するのが当然というもの……咎《とが》めるつもりは微塵もないぞ。何なら私が挙式を執り行ってやろう」

「えっ、お、恐れ多いです……！」

「遠慮するな。リントヴェールは私の命の恩人でもある。できる限りのことをさせてもらおう。ジュリアが身分を気にするなら、どこかの貴族の養子になれるよう手配してやる」

二人の間には、ジュリアが知らない歴史があるらしい。とはいえ、話がどんどん大きくなっていき、隣に立つリントヴェールへ狼狽しながら助けを求めた。

「ありがとうございます、殿下。ですが彼女の望みは元の日常を取り戻すことです。私はつがいの望みを全面的に叶えたい……ジュリアが静かな生活を送れることを願います」

――私の希望を、リントヴェール様はちゃんとわかってくれている……

自分をよく理解してくれている彼が殊更素敵に見え、ドキドキする。ジュリアがついリントヴェールに見惚れていると、王太子が深く嘆息した。

「欲がないな……だがそれでこそリントヴェールだ。そしてお前のつがいも同じ考えなんだな？」

「は、はい……！　私は……この方と一緒にいられて、今まで通り好きな裁縫を続けられたら、それで満足です……！」

贅沢や煌びやかな暮らしには興味がない。欲しいのは小さな幸せ。分不相応な願望を、ジュリアは持っていなかった。

これからもごく普通の生活が送れれば充分だ。そしていずれは、愛しい家族の服をこの手で縫ってみたいと思った。

「おやおや……せっかく褒美をやろうと考えていたのに、残念だ。せめてリントヴェールと共に暮らす家くらいは準備させてくれないか。それから燃えてしまった職場の再建も約束しよう。私にとってもその男は欠かすことのできない存在なのでな。機嫌の一つも取っておきたい」

「あ、ありがとうございます」

あまり固辞するのも失礼だと思い、ジュリアは深く頭を下げた。

すると、隣から強く手を握られる。

「ん？」

「ジュリア……貴女、殿下に見惚れていなかったか？」

「……はい？」

美しい人だとは思ったけれど、それだけだ。リントヴェールの斜め上からな発言に、何度も瞬いてしまう。もしかして、嫉妬しているのだろうか。ジュリアはもう、他の男性に反応しないと宣言したのは彼なのに。

「……可愛いところがあるんですね、リントヴェール様」

まだ自分の知らない彼が沢山いることが擽ったい。これから一つずつ知っていくのかと思うと、高揚感で胸が膨らんだ。

つい王太子の眼前であることも忘れ、繋いだ手を握り返す。見つめ合って微笑むと、ゴホゴホとわざとらしい咳が前方から聞こえた。

「あー……大丈夫だと言ったが、そうあからさまにいちゃつかれるのも、目のやり場に困るのだが……」

「殿下も、早く伴侶をお迎えになっては如何《いかが》ですか？」

「簡単に言ってくれる……人間には人間の、色々な事情と悩みがあるのだぞ。だいたい私たちは、出会ってすぐに運命のつがいかどうかを見分けられない。そういう意味では私はお前たちが羨ましい」

「そんなふうにおっしゃってくださる貴方だから、これからもお仕えしようと思います」

これまでの緊張に満ちた日々が信じられないほど、穏やかな時間が流れる。

ジュリアは短くも長かった旅の果てに結ばれたつがいに、そっと寄り添った。

もう、何も怖くない。これからの未来に思いを馳せる。

明けて翌日、ジュリアは法廷で証言を終え、ようやく待ち望んだ生活を取り戻した。

傍らには大事な伴侶がいてくれる、幸せで平隠な日常を。

あとがき

初めましての方もそうでない方もこんにちは。山野辺りりと申します。

世界中が大変な状況になり、ついに二年目ですね。正直、もっと早く収束すると思っていました。

ですが沢山の方々が力を合わせて戦っているのだから、必ず事態は好転すると信じています。

私も、外出を控える毎日。もともと引きこもり熟練度高いのですが、旅行に行かれないのが辛い……

そんなわけで、お話の中で旅に出たいと思い、今回はやたらに移動するストーリーにいたしました。

読んでくださった方も、ちょっとだけでも旅気分を味わっていただけたら嬉しいです。

主人公は、観光ではなく命懸けの逃避行なのですが。

殺人現場を目撃してしまったがために、強靱な肉体と麗しい美貌を持つ、少々挙動不審な騎士様に護衛されながら目的地を目指すヒロインをどうぞ見守ってやってください。

イラストはうすくち様です。

私が一番楽しみにしていると思います。早く拝見したくて、ワクワクが止まらない！

本当にありがとうございます。ごちそうさまです。

担当様、丁寧にご指導くださり、心から感謝しております。字がお綺麗だな～と思っておりました。

この本の完成までに携わってくださった全ての方へ、直接お礼を申し上げられず、すみません。

ですが本当にありがとうございました！

最後に、ここまで読んでくださった全ての方へ。

読書が日常の潤いになりますように。お付き合いくださり、土下座の勢いで感謝申し上げます！

またどこかでお会いできることを願って！

本作品は書き下ろしです

山野辺りり先生、うすくち先生へのお便り、
本作品に関するご意見、ご感想などは
〒101 - 8405
東京都千代田区神田三崎町2 - 18 - 11
二見書房　ハニー文庫
「最強騎士様と大人の二人旅」係まで。

Honey Novel

最強《さいきょう》騎士《きし》様《さま》と大人《おとな》の二人旅《ふたりたび》

2021年 7 月10日　初版発行

【著者】山野辺《やまのべ》りり

【発行所】株式会社二見書房
東京都千代田区神田三崎町2 - 18 - 11
電話　03（3515）2311［営業］
　　　03（3515）2314［編集］
振替　00170 - 4 - 2639
【印刷】株式会社　堀内印刷所
【製本】株式会社　村上製本所

落丁・乱丁本はお取り替えいたします。
定価は、カバーに表示してあります。

ISBN978-4-576-21083-4

https://honey.futami.co.jp/

甘くとろける蜜の恋☆濃蜜乙女レーベル
Honey Novel
令嬢は淫らな夢に囚われる
山野辺りり
鳩屋ユカリ